KB239666

少林棍王

소림곤왕

한성수 新무협 판타지 소설

FANTASTIC ORIENTAL HEROES

소림군왕 10

한성수 新무협 판타지 소설

초판 1쇄 찍은 날 § 2010년 5월 12일
초판 1쇄 펴낸 날 § 2010년 5월 17일

지은이 § 한성수
펴낸이 § 서경석

편집장 § 문혜영
편집 § 주소영

펴낸곳 § 도서출판 청어람
등록번호 § 제1081-1-89호
등록일자 § 1999. 5. 31
어람번호 § 제2-1927호

주소 § 경기도 부천시 원미구 심곡2동 163-2 서경B/D 3F (우) 420-822
전화 § 032-656-4452 팩스 § 032-656-4453
http://www.chungeoram.com
E-mail § chungeoram@chungeoram.com

ⓒ 한성수, 2009

ISBN 978-89-251-2176-5 04810
ISBN 978-89-251-1861-1 (세트)

※ 파본은 구입하신 서점에서 교환하여 드립니다.
※ 저자와 협의하여 인지를 붙이지 않습니다.
※ 이 책은 도서출판 청어람과 저작자의 계약에 의해 출판된 것이므로,
   무단 전재 및 유포 · 공유를 금합니다.

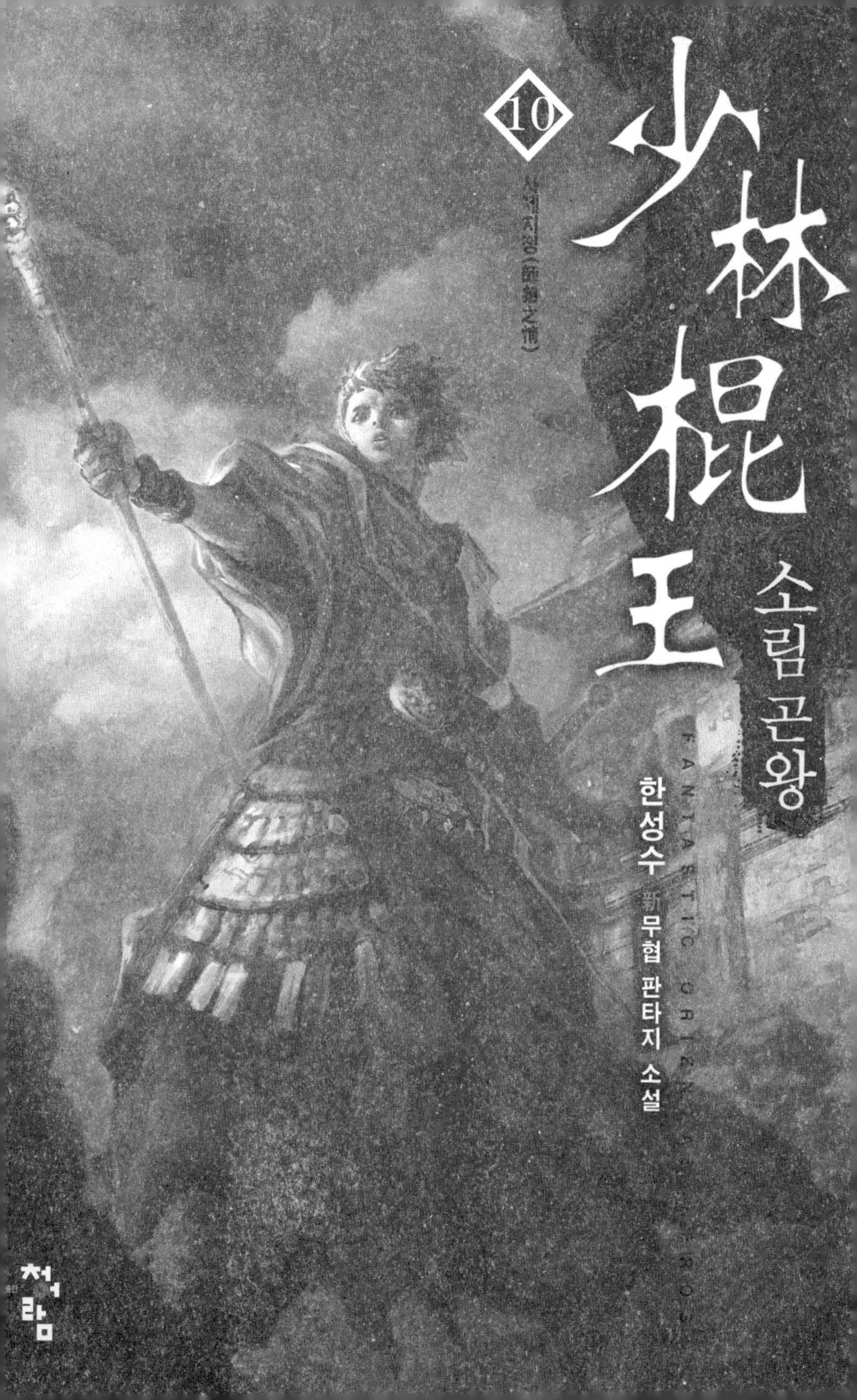
10
少林棍王
소림곤왕
한성수 新무협 판타지 소설
청어람

目次

第九十章

승천적멸(昇天寂滅)

少林棍王
소림곤왕

그것은 곧 신과 마, 그 자체의 경지!
그곳에 올라 바라보는 칠정과 육욕은 한낱 헛된 것에 불과할 뿐이다

신농대전(神農大殿).

당가에서 가장 큰 전각으로 평상시 가주의 집무실로 쓰이던 이곳의 상방에 지금 두 명의 여인이 마주보고 앉아 있다. 육십대의 노부인인 암화(暗花) 당모란과 당가로 돌아온 독미인 당소교였다.

독존 당무양의 여동생이자 현재 당가제일의 어른이라 할 수 있는 당모란의 안색은 매우 좋지 못했다. 눈가에 수심이 가득한 것이 처연함이 가득 묻어 나온다.

그도 그럴 것이 눈앞에 있는 당소교는 당모란의 손녀뻘로, 가문의 무수히 많은 자손들 중 가장 총애하던 아이였다. 어린

시절부터 어찌나 영악하고 귀염을 잘 떨던지 손수 십독십암의 절기 중 상당수를 전수한 바 있었다. 타 가문으로 시집가는 여아에게는 아주 파격적인 대우를 해준 것이다.

당연히 그런 당소교가 갑자기 마두에게 납치되었다는 소식을 들은 당모란의 노심초사는 대단했다. 어떤 면에선 그녀의 부모보다 더욱 심하고 극성스러웠을 정도였다.

그런데 지금 눈앞에 그 귀엽던 당소교가 완전히 망가져 버린 얼굴을 한 채 앉아 있었다. 억장이 무너져 내린다는 표현은 이럴 때 사용하라고 만들어졌음이 분명하다.

'하아, 도대체 어떤 못된 놈이 이 가여운 아이를 이리 만들었단 말인고……'

내심 무거운 한숨을 토해낸 당모란이 문득 눈에 차가운 정광을 담았다.

"얼굴은 어찌 된 것이더냐?"

"스스로 자해한 것입니다."

"자해를 해?"

당모란의 얼굴에 놀란 기색이 떠올랐다. 설마 당소교에게 이런 대답을 들을 줄은 몰랐기 때문이다.

당소교가 차분히 말을 이었다.

"소녀를 납치한 건 새외칠마 중 한 명인 잔혹마군 냉고성이란 악적이었습니다. 그런 자가 저를 그냥 내버려 뒀을 리 없지 않겠습니까?"

"그, 그래서?"

"겁탈을 당하지 않기 위해 스스로 얼굴을 자해했습니다. 덕분에 가문의 명예를 지킬 수 있었고요."

"그렇구나. 그렇게 된 것이었어……."

결국 당모란은 말을 채 잇지 못하고 두 눈 가득 눈물을 쏟아내고 말았다.

늙었다 한들 그녀 역시 여인이다.

꽃보다 아름답던 사천제일미녀인 당소교가 얼굴을 스스로 자해했을 당시를 떠올리자니, 처참함에 절로 심사가 비통해졌다. 가슴이 찢어지는 것 같았다.

그러나 그녀는 곧 마음을 다잡았다.

당소교가 납치될 때의 사정은 아주 복잡했다. 몇 가지 의문점에 대해 질문하지 않을 수 없었다.

얼른 소매로 눈가를 훔친 그녀가 다시 질문했다.

"냉고성이란 악적과는 어찌 연관되게 된 것이더냐? 개방의 철담협개 이 방주님께는 어째서 위해를 가한 것이고?"

"악적의 사공에 빠진 것이라 생각됩니다."

"사공에?"

"그렇습니다. 그렇지 않고서야 어찌 제가 그런 말도 안 되는 짓을 저지를 수 있었겠습니까? 후일 그날의 일을 떠올린 후 몇 번이나 죽으려 했으나……."

"했으나?"

"…그럴 수 없었습니다. 소녀의 원통함과 억울함을 어떻게든 당가에 알려야만 했으니까요."

"……."

차분한 설명과 달리 어느새 당소교의 두 눈에선 뜨거운 눈물이 흘러내리고 있었다.

연기가 아니다.

그녀는 지금 진짜로 슬퍼하고 있었다.

당가를 속여야만 하는 자신의 추락해 버린 신세가 너무나 원통하고 억울하고 비통했다. 이런 짓까지 해서라도 악마 같은 냉고성의 마음을 얻어내야만 하는 자신의 집착이 진저리 날 정도로 싫었다.

그게 당모란의 마음을 움직였다.

결국 그녀는 맨 처음 신농대전에서 당소교를 기다릴 때 가졌던 모진 마음을 거둬들였다. 지옥 속에 빠져 지냈던 손녀를 더 이상 모질게 대할 수 없었기 때문이다.

스윽!

손을 내밀어 당소교의 눈물을 닦아준 당모란이 애처로움이 완연한 얼굴로 말했다.

"아이야, 네 원한과 명예는 반드시 이 할미가 풀어주도록 할 터인즉……."

"으흐흑, 할머님!"

당소교가 통곡하며 당모란의 품에 무너져 내렸다.

이번에는 연기다.

그녀는 당모란의 품에 안겨서 서럽게 눈물을 쏟아냈다. 더 이상 자신에 대한 추궁을 할 수 없도록 만들기 위함이었음은 물론이다.

밤.

오랫동안 비워져 있던 자신의 처소를 빠져나온 당소교가 익숙한 걸음으로 외원 쪽으로 향했다.

─혈무사행사륜절진(血霧事行死輪絶陣)!

당가의 내, 외곽에 걸쳐 펼쳐져 있는 이 절대의 기관진식을 완성시킨 사람은 백여 년 전의 절대고수인 독군자 당무결이다. 그는 고대마교의 삼신기 중 하나인 마신흉갑을 보호하기 위해 이 악마의 기관진식을 만들었고, 결국 성공했다.

덕분에 그 후 사천당가의 본가는 난공불락(難攻不落)이 되었다. 어떠한 무림 세력이나 절대고수도 당가의 본가를 침범할 수 없었고, 사천무림은 평화로웠다. 당가의 강력한 주도권을 넘볼 세력 자체가 존재하지 않았기 때문이다.

하지만 오늘 밤 그 난공불락에 위기가 찾아들었다.

혈무사행사륜절진을 믿고 독존 당무양을 비롯한 당가의 정예가 본가를 빠져나간 사이 타락한 소악마가 찾아들어 왔다. 자신을 낳아주고, 먹이고, 키워줬던 가문을 스스로 팔아 넘기기 위해서 말이다.

'이곳이다!'

한참을 걸어 혈무사행사륜절진의 유일한 약점이라 할 수 있는 장소에 이른 당소교가 주변을 살폈다. 당가 내에서도 아는 자가 거의 없는 터라 번을 도는 무사조차 찾기가 어렵다. 그만큼 은밀한 장소에 위치해 있다는 뜻.

그녀가 품속에서 작은 통을 꺼내 들었다.

원형의 철통.

어른 손바닥 정도 크기의 이 철통 내부에는 강력한 용수철에 의해 공중으로 솟구쳐 올라 폭발하는 폭죽이 내재되어 있었다. 중원보다 훨씬 폭약 기술이 발달한 서역에서 개발된 것으로, 냉고성에게 받아온 것이었다.

"후회하지 않아! 절대로!"

나직한 뇌까림과 함께 당소교가 철통을 위로 불쑥 치켜올렸다.

푸슝!

곧 미약한 소음과 함께 철통 내의 용수철이 작동했고, 당가의 하늘 위를 화려한 불꽃이 수놓았다. 백 년 이래 난공불락이라 일컬어지던 당가의 혈무사행사륜절진의 파괴가 시작되는 순간이었다.

"좋아!"

나직한 중얼거림과 함께 냉고성이 손을 들어 올렸다. 그러자 그의 배후에 집결해 있던 일단의 무리들이 바람같이 야천으로 날아올랐다.

잔혹마검대!

후금에서 그를 찾아온 직속의 부대다.

그들이 오늘 밤 당가를 습격하기 위해 전격적으로 모습을 드러낸 것이었다.

냉고성 또한 가만있을 리 없다.

잠시 더 하늘 위를 수놓은 불꽃을 살피던 그가 곧 잔혹마검대의 뒤를 따랐다. 그들과 함께 당가의 본가를 짓밟고, 오랫동안 전설로 남겨져 왔던 보전 안의 무수히 많은 극독과 암기들을 털기 위함이었다.

'크흐흐, 미친년! 진짜로 제 가문을 배신하다니…….'

내심 당소교를 떠올리며 음험하게 웃어 보인 냉고성의 눈이 차가운 욕정으로 번들거렸다. 당가를 짓밟은 직후 당소교의 몸을 탐할 생각만으로도 온몸이 벌써 후끈 달아오르고 있었다.

*　　　*　　　*

구문유로환허진.

천기마야가 고대마교의 마진(魔陣)과 배교의 술법을 배합해 만들어낸 이 희세의 절진은 꽤나 오랫동안 유대유를 곤혹스럽게 만들었다.

그의 손에 들려진 묵룡천뢰곤!

벌써 몇 차례나 사방을 초토화시켰는지 모른다.

숫자를 세기 어려울 만큼의 환상과 귀령을 대자연기가 깃든 천뢰를 일으켜 모조리 태우고 부숴 버렸다.

정화다.

세상에서 가장 순수한 벼락의 힘으로 구문유로환허진이 불러온 이 세상의 것이 아닌 존재들을 없애 버렸다. 소멸시켰다. 증발시켜 버렸다.

하지만 그것만으로 부족했던 것일까?

유대유는 벌써 십수 일째 같은 자리를 맴돌고 있었다. 닥치는 대로 눈앞에 나타나는 환영과 귀령을 없애며 전진했는데, 언제나 돌아오는 자리는 동일했다. 마치 같은 자리를 뱅뱅 돌고 있는 것처럼 그러했다.

전형적인 진세에 갇힌 형국!

유대유는 곧 현실을 인정했다. 자신이 완벽하게 절진에 갇혀 버렸다는 사실을 받아들이고 해결책을 찾으려 했다. 그래야만 한다는 걸 알고 있었기 때문이다.

정중동!

그는 마음을 바쁘게 만들던 걸음을 멈추고 심안을 열었다.

그렇게 함으로써 진세의 핵을 꿰뚫어보려 했다. 대자연기를 묵룡천뢰곤이 아닌 상단전 쪽으로 몰아간 것이다.

그러자 상황이 급변했다. 여태까지 죽도록 나타나서 유대유를 귀찮게 했던 끔찍한 환상과 귀령들이 모조리 자취를 감춰 버렸다. 마치 처음부터 아무것도 없었던 것처럼 그리되었다.

그리고 모습을 드러낸 새로운 환상!

"이런!"

어지간한 유대유조차 낯이 딱딱하게 굳어버렸다.

느닷없이 천지사방에서 모습을 드러낸 환상의 정체는 나신의 여인들이었다. 그것도 어떤 사내든 혹할 수밖에 없을 듯한 절세미녀들의 군집이었다.

유혹의 절정!

당연히 그 미녀들은 모습을 드러내자마자 유대유를 중심으로 뱅글거리며 원을 그리더니, 곧 유혹의 춤사위를 보이기 시작했다. 대담하면서도 야릇한 온갖 동작을 펼쳐 보이고 정신을 혼미하게 만드는 신음들을 마구 토해냈다.

아름다운가?

아니면 추잡스러운가?

유대유는 둘 모두에 동의하지 않았다.

어느새 꽤나 오랫동안 죽어 있던 그의 남성이 불끈거리고 있었다. 인간 본연의 욕망이 펄떡거리며 고개를 치켜들고 있었다. 그만큼 느닷없이 변화한 환상이 던져 주는 감흥은 자극적이었다. 끈적거리는 늪처럼 그를 빨아들이고 있었다.

하지만 유대유의 두 눈은 여전히 차가웠다.

육체가 짐승으로서의 욕망을 드러내며 마구 소리지르고 있음에도 조금의 동요조차 내보이지 않았다. 마치 현재 그 자신을 중심으로 펼쳐지고 있는 환상을 있는 그대로 받아들이려는 듯했다.

대자연기!

무위자연에 올라 얻은 절대의 기운은 유대유에게 무한에 가까운 자유를 줬다. 천하의 모든 대기와 의지를 받아들이고 빌려와 사용할 수 있게 만들었다.

욕망?

얼마든지 받아들일 수 있고, 초연해질 수 있다. 보이는 것 이상으로 그러했다. 상상할 수 있는 영역, 그 이상까지 마음만 먹으면 얻어낼 수 있었다.

•그것은 곧 신(神)과 마(魔), 그 자체의 경지!

그곳에 올라 세상의 이치와 질서를 타인의 시각으로 관조할 수 있게 된 상황 속에서 바라보는 인간의 칠정(七情)과 육욕(六欲)은 한낱 헛된 것에 불과할 뿐, 깨달음의 길을 가로막는 장애물조차 되지 못한다.

문득 유대유가 나직이 중얼거렸다.

"독창성이 떨어진다! 더 괜찮은 모습으로 날 기쁘게 해줘

야 하지 않겠나?'

"……."

뱀처럼 교태롭게 흐느적거리며 나무(裸舞)를 추고 있던 절세미녀들의 움직임이 더욱 격렬해졌다. 더욱 요염해졌다. 더욱 난잡해졌다. 더욱 집요해졌다.

유대유가 내뱉은 말에 부응이라도 하려는 듯 미친 듯 절정을 향해 치달았다. 하나하나가 스스로를 불태우고, 스스로 소멸해 갔다.

승천(昇天)?

적멸(寂滅)?

누구도 알 수 없는 길을 떠나갔다. 관조하는 유대유에게 보여주기라도 하려는 듯 그리되었다. 애초부터 그럴 운명이었던 것처럼 말이다.

바로 그때다.

그 적멸의 불꽃 속에서 또다시 급변이 일어났다.

쉬악!

섬뜩한 기음과 함께 불꽃에 휩싸인 무수히 많은 나신의 여인들 중 하얀 그림자 하나가 공중으로 튀어 올랐다.

그 속도는 섬광!

정염의 불꽃에 휩싸인 새하얀 나신들에 가려 그림자조차 보이지 않는다. 만약 조금이라도 눈길을 빼앗겼다면 더욱 그러하리라.

하지만 애석하게도 유대유의 관조는 모든 것을 꿰뚫어보는 것이었다. 직시였다.

순간 밑을 향하고 있던 묵룡천뢰곤이 위로 향했다.

콰득!

무언가가 박살 나는 소리 역시 그 뒤를 따른다. 인체가 박살 나 몸속에 깃들어 있던 생령(生靈), 그 자체를 쏟아내며 발생한 소리였다.

물론 그것만으로 끝일 리 없다.

여태까지 그랬던 것처럼 이건 단지 시작에 불과했다.

정중동을 유지하고 있던 유대유를 향해 다시 무수히 많은 하얀 그림자들이 덮쳐 들어왔다. 환상이 아니다. 실체다. 생령으로 화한 나신의 미녀들이 유대유에게 아귀처럼 달려들었다. 물어뜯으려 했다.

번쩍!

유대유의 묵룡천뢰곤이 다시 천뢰를 일으켰다.

그럴 수밖에 없었다.

다시 시작된 공격은 쉽사리 넘길 수 있는 성질의 것이 아니었다.

더불어 깨져 버린 정중동!

순식간에 변화해 버린 눈앞의 광경에 유대유가 짤막한 신음을 토했다.

"나신의 미녀 다음은 전장인가?"

전장!

유대유에겐 너무나 익숙한 장소다.

또한 마음속 깊숙한 곳에 상처를 각인시켜 놓은 장소이기도 했다.

"우와아아아!"

"우와아아아아아아!"

귀를 아프게 하는 굉음. 시야가 허용하는 범위까지를 모조리 포함하고 있는 전화와 수라장의 모습.

잠시 눈앞의 혼란을 지켜보던 유대유가 자신도 모르게 천천히 발걸음을 앞으로 내디뎠다. 다시금 정중동을 유지하고 서었다.

"우와아아아앙!"

"으헝! 으허허허엉!"

눈앞에서 울음을 토해내고 있는 어린아이들의 모습에 유대유의 발걸음이 멈춰 섰다.

전장의 한복판을 떠돌아다닌 지 수일 만의 일.

여전히 관조자의 관점을 유지하고 있던 유대유의 봉황안이 처음으로 가벼운 흔들림을 보였다. 때 구정물이 줄줄 흘러내리는 얼굴을 한 어린아이들의 모습을 앞에 두고 과거의 아픔이 뇌리를 스치고 지나간 까닭이다.

'전쟁은 다 똑같은 것인가? 아니면 내 마음속에 심마가 깃든 것인가?

어린아이들은 그냥 울고만 있는 게 아니었다.

손에 시퍼런 칼과 낫, 쇠스랑 등을 들고 있었다.

고사리 손에 전혀 어울리지 않는 물건들을 들고서 천천히 유대유에게 다가들고 있었다. 한눈에 보기에도 누군가의 강압에 의해 움직이고 있었다.

전장에서 종종 있었던 일이다.

협박과 강박으로 어린애, 계집애, 노인네들을 동원해 군사들을 공격해 온다. 아군, 그중에서도 특히 근동에서 차출된 병사들을 혼란시키기 위함이다.

아주 일상적인 전법!

유대유 역시 몇 차례 이 같은 공격을 감당해야 한 적이 있었다.

당시의 선택은 선제공격이다.

군의 동요를 최소화하기 위해 그는 항상 최선두에 서서 이와 같은 공격을 격퇴시켰다. 자신이 받는 상처를 두려워하지 않음으로써 수하들의 고통을 경감시켰다. 죄의식으로 보낼 불면의 밤을 맞지 않도록 만들었다.

"하아아!"

일순 유대유의 입에서 가벼운 탄식이 흘러내렸다.

지금 이 순간 아주 오랫동안 홀로 감당해 왔던 상처들이 쩍쩍 소리를 내며 갈라지고 있었다. 강철보다 강력한 외피 속에 숨겨져 있던, 그의 상처 입은 속내를 후벼 파왔다.

그렇게 깨진 정중동!

방금 전까지 울음을 터뜨리고 있던 어린아이들의 두 눈에서 요기가 불타오르기 시작했다. 유대유의 관조를 깨뜨린 것만으로 충분히 원하던 결과를 얻었다는 듯한 조소와 함께.

번쩍!

다시 천뢰가 떨어져 내렸다.

그리고 정중동을 무너뜨린 유대유가 바람같이 내달렸다. 여전히 아무것도 없는 허무 속을 향해서였다.

*　　　*　　　*

천극봉.

눈앞에 내려다보이는 소실봉의 전경을 묵묵히 지켜보고 있던 황천기주의 두 눈이 차갑게 번뜩였다.

천기마야의 명을 받은 육 인의 사념술사!

그들의 활약은 애초에 상상했던 것 그 이상이었다. 완전히 초월해 버렸다.

지난 수개월여, 소실봉은 난공불락이나 다름없었다.

일만 명이나 되는 황천기주 휘하의 정병을 아예 바보로 만들어놨다. 그냥 시간만 보내게 만든 것이다.

그런 소실봉의 방어진세가 지금 빠르게 붕괴되고 있었다.

완벽하게 뚫려 버렸다.

천기마야의 자신감에 의문을 품었던 것이 부끄러워질 정도의 대활약이라 할 수 있겠다.

이 시점에서 황천기주는 소림사를 무너뜨린 이후의 일에 신경이 쓰였다. 생각했던 것 이상으로 천기마야의 마천이 중원에 깊게 뿌리내렸을뿐더러 강력한 세력을 형성한 것에 대한 우려였다.

'본래 천기마야는 배교의 교주. 대종교에 복속되었다곤 하나 중원을 뿌리로 둔 자다. 현 마천의 지배층 역시 그러하고. 한마디로 언제 배신할지 알 수 없는 자라고 봐야 옳을 것이다. 그건 나 역시 마찬가지지만……'

배신!

대종교를 뿌리로 둔 자들에겐 결코 떠올려선 안 되고, 떠올릴 수도 없는 단어다. 영원한 주인이자 지배자인 대존주 대막마신의 강력한 지배력 때문이다.

그러나 대막마신이 부재한 상태라면 어떨까?

꽤나 오랫동안 대막마신은 대종교의 성전에서 폐관을 풀지 않고 있었고, 중원의 마천은 천기마야에게 복속된 상태였다. 황천기주가 향후 자신의 가장 강력한 적수를 천기마야로 손꼽지 않을 수 없는 까닭이었다.

그런데 그 같은 상념에 빠져 있던 황천기주의 눈에서 문득 이채가 어렸다. 표정 역시 살짝 굳어진다.

'소림사에서 드디어 숨어 있던 진짜 고수들이 모습을 드러낸 것인가? 하지만 사념술사들이 만들어낸 환상이 통하지 않는 자들이 저 정도로 많다니 놀랍군!'

그때 황천기주의 배후에 모습을 드러낸 천기마야가 마치 그의 내심을 읽기라도 한 듯 말했다.

"사념술사들이 만들어낸 환상을 꿰뚫어볼 수 있으려면 최소한 절대지경 수준의 무위를 가져야만 하네. 어찌 천 년의 소림사라 하나 저리 많은 절대고수들이 있겠는가?"

황천기주는 놀라지 않았다. 그 역시 천기마야가 다가들고 있는 걸 짐작하고 있었기 때문이다. 그가 천천히 신형을 돌려세웠다.

"그럼 저 광경은 어찌 된 것이오?"

천기마야가 특유의 좋은 인상으로 살짝 사기 깃든 미소를 만들어냈다.

"뻔한 게 아니겠나?"

"뻔하다?"

"무상지도의 파편!"

"소림사에 이미 무상지도의 파편을 얻은 자가 있다는 뜻이오?"

"어쩌면 전대에 그걸 얻은 자가 세상을 등지고 숨어 있었던 것인지도 모르는 일일 테지. 하지만 이미 소림사의 방어진세는 붕괴되어 버렸으니, 대사에 지장은 없을 걸세. 뭐, 약간의 희생은 있겠지만……."

태연히 말을 잇던 천기마야의 미간 사이가 갑자기 쭈욱 갈라지더니, 새로운 눈을 만들어냈다.

귀안(鬼眼)!

불가의 육대신통 중 심안과 비슷한, 배교 술법상의 지고한 경지 중 하나다.

이 귀안은 따로 천리안(千里眼)이라 불리기도 하는데, 생각의 사유를 따라 수십 리 밖까지도 살필 수 있게 된다. 물론 그전에 대기의 파동을 먼저 간파할 수 있는 무위를 지녀야 할 테지만 말이다.

"…세상일이란 건 참 재밌단 말야. 항상 이렇게 예상치도 못했던 일이 벌어지곤 하니 말야."

황천기주의 눈매가 가늘어졌다. 천기마야의 이어진 중얼거림으로 그가 귀안을 발동시킨 까닭을 대충 짐작할 수 있었기 때문이다. 질문을 하지 않을 수 없다.

"소림사에 지원병이 온 것이오?"

"왔지. 그것도 꽤나 강해 보이는군. 정신과 육체 양쪽 모두다 말야. 그러니……."

잠시 말끝을 흐린 천기마야가 귀안을 거두고 황천기주에게 시선을 던졌다.

"…슬슬 자네도 숨겨놨던 전력을 풀어놓게나. 자칫 다 잡았던 대어를 놓치게 될지도 모르니 말일세."

"다 잡았던 대어라는 건 소림사에 나타난 무상지도 파편의 소유자를 말하는 것이오?"

"허허, 역시 자네와는 대화가 편해서 좋아."

"그……."

황천기주가 다시 질문을 하려다 눈살을 살짝 찌푸려 보였다. 어느 순간 자신을 향해 웃음을 던지고 있던 천기마야가 한줄기 연기와 같이 자취를 감춰 버렸기 때문이다.

"…망할 늙은이!"

짤막한 욕설과 함께 황천기주가 거칠게 신형을 돌려세웠다. 다시 소실봉에서 벌어지고 있는 싸움을 관전하기 위함이다.

더불어 그의 배후로 모습을 드러낸 열 개의 그림자.

천풍십사(天風十邪)!

후금이 장악한 동북아의 십대무벌에 속한 강자들로, 일찍부터 황천기주에게 충성을 맹세한 자들이다.

"이제부터 나와 함께 소실봉으로 간다!"

"황천기에 속하지 않은 자들을 모조리 제거하면 되는 겁니까?"

"물론이다. 절대 무상지도의 파편을 빼앗길 순 없으니까."

"존명!"

황천기주를 향해 천풍십사가 복명과 함께 허리를 접어 보였다.

　　　　　*　　　　　*　　　　　*

　소실봉의 중턱.

　언제나와 마찬가지로 금강승들이 메고 있는 사인거에 가
부좌를 틀고 앉아 있던 보종의 얼굴에 가벼운 피로감이 스쳐
갔다. 느닷없이 당한 사념술사들의 환상 공격에 무너진 방어
진세를 수습하는 동안 몇 차례나 각혈을 한 까닭이다.

　그의 곁으로 종아 선사가 다가들었다. 언제나 속내를 쉽사
리 드러내지 않던 그의 노안에 어두운 그림자가 머물러 있다.

　"보종, 자네가 나한당의 오백 나한과 금강승들을 중심으로
펼쳐 놨던 천불천종미궁대진의 삼 단계 방어진이 방금 전에
무너졌네. 결국 우려했던 것처럼 소림사 본원에까지 전화의
불길이 몰려오는 걸 막을 수 없게 되었구만."

　"장생전의 고승들께서는 집결하셨겠지요?"

　"장생전뿐이겠는가? 팔대호원과 보리원, 반야당, 계율원,
달마원, 조사동까지 몽땅 준비했다네. 일만이나 되는 대병을
상대로 얼마나 버틸 수 있을지는 모르겠지만 말일세."

　"이미 이런 일을 대비해 방패와 방호구를 준비해 놨습니
다. 저들이 화공을 펼치지 않는 한 쉽사리 본 사리 제압할 수
없을 겁니다."

　"어째서 화공이 없을 거라 장담하는가?"

"애초에 화공을 펼쳤다면 지금까지 버텨낼 수 없었을 테니까요."

"하면 저들이 본 사를 치는 게 멸문시키기 위함이 아니란 뜻인가?"

"그럴 거라 사료됩니다."

"……."

종아 선사의 눈빛이 깊어졌다. 그 특유의 정치적인 감각이 불쑥 머리를 치켜올린 까닭이다.

그러나 그는 곧 고개를 가로저었다.

상대는 후금의 황천기주다.

외적이라 할 수 있는 그와 타협한다는 건 소림사가 오늘 멸문하는 것 이상의 수치라 할 수 있었다. 후일에라도 역대 조사들 앞에서 머리를 치켜들지 못할 일이었다.

'아미타불! 결국 어쩔 수 없이 보종과 세운 그 계획을 발동시켜야만 하는 것인가……'

보종이 마치 종아 선사의 내심을 읽기라도 한 듯 고개를 가로저었다.

"아직 그리하실 필요는 없습니다."

"다른 방도가 남았다는 것인가?"

"남은 나한승과 금강승들과 함께 적들을 탑림으로 끌어들일 것입니다."

"탑림으로?"

"예, 그러니 본 사의 나머지 전력을 끌고 장경각으로 물러나 주십시오. 최소한 하루 정도는 적들의 예봉을 잡아둘 수 있을 터이니, 계획의 발동은 그 후에 진행하시면 될 것입니다."

"……."

종아 선사는 문득 눈시울이 뜨거워지는 걸 느꼈다.

탑림은 그동안 보종이 은거했던 장소다.

세세한 부분까지 모두 알고 있을 터이니, 휘하의 나한승, 금강승들과 함께 배수의 진을 치기에 합당하다. 소림사의 전력을 최대한 보존하기 위해 그는 옥쇄를 선택하려 하고 있는 것이다.

꾸욱!

문득 오랜만에 녹옥불장을 든 손에 힘이 들어가는 걸 느낀 종아 선사가 눈에 신광을 담았다. 목소리가 떨리지 않기 위해 주의 또한 요한다.

"보종, 노납 역시 함께할 것일세."

"그건 안 됩니다."

"후사는 종경에게 맡기면 될 것일세. 내 어찌 자네만을 사지로 보내겠는가?"

"말씀은 감사합니다만… 장문 사백께서는 뜻을 거둬주시기 바랍니다."

"이 녹옥불장으로 명을 내려도 안 되겠는가?"

종아 선사가 녹옥불장을 앞으로 내밀며 권위를 내세웠으나 보종은 뜻을 굽히지 않았다. 그의 고개가 천천히 가로저어진다.

"장문 사백께서는 이번 소림사의 방어 계획을 전적으로 제게 일임하셨습니다. 그 역시 녹옥불장의 권위를 빌린 것이니, 이번 명령을 받자올 순 없습니다. 또한……."

"또한?"

"…또한, 아직 저는 포기하지 않았습니다. 옥쇄를 하려 함이 아니라 적을 제압하려 함이니 장문 사백께서는 명을 거둬 주시기 바랍니다."

보종이 힘겹게 고개를 숙여 보였다. 여전히 아주 고집스런 표정을 지우지 않은 채였다.

'하아, 역시 어쩔 수 없는가!'

내심 장탄식을 터뜨린 종아 선사가 결국 고개를 끄덕여 보였다.

눈앞의 보종은 전장의 지휘관이다.

그에게 이미 소림사 방어 계획의 전권을 내줬으니, 어찌 다시 녹옥불장의 권위를 내세울 수 있겠는가. 처음부터 어리석은 고집에 불과했을 뿐.

잠시 후.

보종을 태운 사인거가 소림사 경내로부터 다소 떨어진 곳에 위치한 탑림에 멈춰 섰다.

쇠잔해진 몸을 지탱키 위해 사인거의 팔걸이에 기대어 있던 보종이 잠시 호흡을 가다듬은 후 입을 열었다. 빛을 거의 잃어버린 눈과 달리 목소리가 짜랑짜랑하다.

"내가 왔소이다! 이만 모습을 드러내시지요!"

"알겠네."

익숙한 목소리와 함께 보종 앞에 한 명의 비쩍 마른 노승이 모습을 드러냈다.

대나무가 이러할까?

모습을 드러낸 노승은 미약한 바람에도 날아갈 듯 마른 체구에 불그스레 좋은 안색을 하고 있었는데, 바로 전날 엽자건에게 세수경의 도리를 전수한 바 있던 불목하니 노인이었다.

그의 갑작스런 등장에 금강승들이 바짝 긴장한 표정이 되었다. 나름대로 일류고수인 그들 중 어느 누구도 불목하니 노인의 등장을 파악치 못했다. 상황이 상황인만큼 경계심을 품지 않을 도리가 없다.

슉!

그때 불목하니 노인이 사인거로 뛰어올라 보종의 앞에 쭈그려 앉았다. 역시 금강승들은 전혀 반응을 보이지 못했다. 그들의 인지 밖의 움직임인 까닭이다.

"쯔쯧, 몸이 많이 상하지 않았는가? 그러게 내 탑림을 떠나지 말라 그리 일렀건만."

"여전히 신비로우십니다. 중간에 숭산이 불타오르던 환상을 없애주신 건 거사님이실 테지요?"

"배교의 사념술사들이 왔더군. 본래 사악한 심사를 담은 환상이란 사람의 마음속에 마구니를 담는 것이니, 결국 자신을 해치게 되는 일이건만……."

"탑림에서 일전을 결할까 합니다. 도와주실 수 있겠습니까?"

"…빈승이 나설 필요는 없을 것이네. 자네 역시 이곳에서 목숨을 걸 필요는 없고 말야."

"그게 무슨……."

"자네가 기다리던 사람이 이미 코앞까지 이르렀다는 뜻일세."

"…자건이가 왔다는 겁니까?"

"그렇다네. 아주 훌륭해져서 왔어."

그 말을 끝으로 불목하니 노인은 나타날 때와 같이 홀연히 사인거를 떠나갔다. 여전히 금강승들로선 감조차 잡을 수 없는 움직임이었다.

꾸욱!

그때 저도 모르게 몸을 의지하고 있던 팔걸이를 짚은 손에 힘이 들어간 보종이 기운차게 명했다.

"천왕문 쪽으로 가세! 적의 대병 중 어느 누구도 소림의 산문을 넘지 못하게 할 터인즉!"

"예!"

갑작스런 불목하니 노인의 등장과 퇴장에 곤혹스런 표정을 짓고 있던 금강승들이 일제히 복명했다.

*　　　　*　　　　*

탑림의 서쪽.

울창한 대나무 숲의 한켠에 모습을 드러낸 천기마야의 두 눈이 극렬한 사기를 일으켰다.

천사심공(天邪心功)!

전날 천하를 제패한 바 있었던 '구마련의 난'과 함께 사라졌다고 알려진 희세의 기공으로, 천기마야가 오랜 노력 끝에 복원하는 데 성공했다.

'찾았다!'

천사심공으로 읽어낸 사념을 향해 천기마야가 시선을 던졌다. 어느새 눈에 담겨 있던 사기는 씻은 듯 사라져 흔적조차 남아 있지 않다.

"고인은 이만 모습을 드러내는 게 어떻겠는가?"

"아미타불!"

나직한 불호와 함께 불목하니 노인이 모습을 드러냈다. 여전한 표정이었으나 은은한 놀라움이 눈 속에 깃들어 있다.

천기마야의 입가에 흐릿한 미소가 떠올랐다.

"어떻게 숨어 있던 장소를 찾아냈는지 궁금한 것인가? 하긴 일반적인 마공이나 사공으로는 무상지도를 참오한 자를 찾아내기란 결코 쉽지 않긴 하지."

"이미 극사지경(極邪之境)에 이르셨구려! 어찌 그 정도의 깨달음을 얻고도 한낱 욕념을 버리지 못하신 게요?"

"욕념을 버리지 못했다라⋯⋯."

"그렇소이다. 욕념을 버리기만 하면 시주는 궁극의 경지에 오르실 수 있을 것이외다. 그런데 이렇게 세상사에 끼어들어 업(業)을 쌓는다면 어찌⋯⋯."

"설교는 그만 하시게. 내 이미 그런 것쯤은 충분할 만큼 생각하고 이 길을 선택한 것이니 말야."

"⋯알겠소이다. 그럼 이만!"

"⋯⋯."

천기마야의 순후하던 인상이 일순 악귀처럼 변했다. 불목하니 노인이 그의 눈앞에서 순식간에 도주해 버린 까닭이었다. 애초에 존재조차 하지 않았던 것처럼 말이다.

第九十一章

재견칠마(再見七魔)

少林
棍王

소림곤왕

지금 뛰어오르고 있는 장소. 숭산이다. 소실봉이다
소림사의 대지였다. 사부 보종이 안돈하던 장소였다

"이건……."

피로 물든 얼굴을 가사 자락으로 대충 훔쳐낸 종경이 환월
이 내민 서신을 받아 들며 눈에 신광을 담았다.

주변.

피바다다. 아수라장이다.

방금 전까지 그는 휘하의 소림 속가제자들과 함께 피투성
이 싸움을 벌이고 있었다.

황천기주 휘하의 두 개 천인대!

결코 수월한 상대들이 아니다. 아주 강적이었다. 백전을
치른 정병인데다가 차륜전에 아주 능숙했다.

더군다나 천인장들의 무위가 놀라웠다.

그들은 단지 스무 명밖에 안 되는 백인장들과 연수합격을 펼쳐 종경을 아주 녹초로 만들어 버렸다. 당금 소림사를 대표하는 대고수로 하여금 변변한 반격조차 할 수 없게 만들었고, 연속적으로 궁지에 몰아넣었다.

당연히 종경을 따라 소림사로 달려온 속가제자들의 피해는 시간이 갈수록 기하급수적으로 늘어나고 있었다. 제대로 된 집단전 훈련을 받지 못한 탓에 변변한 대항조차 하지 못했을뿐더러 시간이 갈수록 한 명 한 명 피바다 속에 쓰러져 갔다.

그때 모습을 드러낸 게 환월이었다.

그녀는 환마류의 은신술을 이용해 종경을 연수합격하던 천인장 한 명과 백인장 대여섯 명을 단숨에 암살했다. 톱니바퀴처럼 정교하게 움직이던 두 천인대의 연수합격이 산산조각 나는 순간이었다.

종경이 그 같은 기회를 놓칠 리 없다.

그는 단숨에 제미곤을 휘둘러 남은 천인장의 머리를 부수고, 거진 와해되어 가고 있던 속가제자들로 하여금 일제 돌격에 가담케 했다.

양동하던 두 천인대의 양단!

이어 급속한 방향 전환 후의 타격이다.

그로 인해 소림 속가제자들을 희롱하듯 참격하던 두 개의 천인대는 아수라장에 빠져 버릴 수밖에 없었다. 기나긴 싸움의 종언이었다.

빠르게 서신의 내용을 읽어 내려가던 종경의 입가에 얼핏 강인한 미소가 떠올랐다. 엽자건이 코앞에 이르렀음을 깨닫자 마음 한구석이 푸근해져 온다. 두 천인대에 가로막혀 생각 이상으로 시간을 지체한 부담을 크게 덜게 된 것이다.

잠시뿐이다.

곧 그는 안색을 딱딱하게 굳혔다.

서신의 내용이 맞다면 이미 소실봉에 보종이 펼쳐 났던 천불천종미궁대진은 파훼되었다고 봐야 옳을 터였다. 여전히 이런 곳에서 지체할 시간은 없었다.

"여시주, 자건이에게 이각 안에 소실봉에 도착할 것이라 전해주게나."

"알겠습니다!"

종경에게 살짝 고개를 숙여 보인 환월이 곧바로 신형을 날렸다.

불구덩이로 화한 소실봉!

그곳을 향해 내달린 엽자건이 무척이나 걱정되었다.

환상이란 말을 전해 듣긴 했으나 당최 믿기지가 않았다. 세상 천지에 산 하나가 통째로 불타오르는 환상을 만들 수 있는 자가 있으리란 생각이 들지 않았기 때문이다.

'주인은 분명히 날 걱정시키지 않으려고 그런 말을 한 것

일 거야! 그러니까 얼른 내가 달려가서 주인을 지켜야 해! 이 녀석들 패나 무섭다구!'

환월은 내심 단호하게 마음먹었다.

*　　*　　*

"우와아아아!"

"우와아아아!"

지척에서 벼락이 떨어져 내린 듯한 괴성과 함께 몰려드는 정예 병력을 보고 엽자건이 싱긋 미소 지었다.

족히 천 명이 넘는 병력!

동북아 최강이라는 후금의 정예답게 후위는 역시 강병을 배치해 뒀다. 순식간에 포위진을 펼쳐서 달려드는 눈앞의 빠른 대응만 봐도 알 수 있을 듯하다.

참고로 말하자면 이런 대응, 패나 마음에 든다.

배후에서 기습적인 타격을 가해 약자를 사냥하듯 도륙할 때 느끼는 마음의 부담이 조금 덜어지는 까닭이었다. 언제부터 전장에서 이런 여유를 갖게 되었는지 모르겠지만 말이다.

'그래도 미안하게 됐군. 나는 지금 평상시처럼 사정을 봐줄 수 없는 상황이거든.'

거짓말이다.

그런 적은 한 번도 없었다. 정말이다.

휘릭!

미리 조립해 들고 있던 삼절마곤을 길게 빼서 잡아 든 엽자건이 신형을 크게 회전시켰다.

부아앙!

더불어 일어난 대기의 엄청난 떨림!

맹렬하게 울부짖는 대기가 수십 개나 되는 파동의 벽을 만들더니, 엽자건을 향해 달려들던 병사들을 들이쳐 갔다. 파괴의 폭풍을 만들었다.

"우왁!"

"우와아아아아악!"

앞열에 서 있던 자는 비명조차 지르지 못했다. 순식간에 뭉개져 버렸으니까.

비명은 이선에서부터 터져 나왔다.

그것도 짧은 단말마다.

당연히 삼열부터는 비명을 있는 힘껏 질러댔다. 뒤에서 물밀 듯 밀어닥치던 후열이 움찔거리며 걸음을 멈출 정도로 처절한 비명과 함께 피바다 속을 나뒹굴었다.

—배곤 삼로 무정세!

단 일격으로 선두의 삼백 명을 몰살시킨 엽자건의 삼절마곤이 다시 피의 폭풍을 만들어냈다. 뒤따르던 삼열 뒤의 백인대들 속으로 뛰어들어 가 잔혹한 도살극을 연출하기 시작한 것이다. 전혀 손속에 사정을 봐주지 않고서 말이다.

송지하가 살짝 질린 표정을 짓고 있다 얼른 그의 뒤를 따랐다.

일천 명?

엽자건 혼자서도 충분히 도살할 것 같다.

그럴 만한 기세다.

하지만 적은 차고 넘칠 만큼 남아 있었다. 처음부터 너무 힘을 빼면 나중에 곤란해질지도 모른다. 본래 강적들이란 건 잔챙이들이 도륙당하면 뒤늦게 튀어나오곤 하니까.

'그나저나 사부도 대단하군. 북경에서 비무했을 때와는 완전히 딴판인걸?'

일일신 우일신이라 했던가?

엽자건만큼 그와 같은 말이 어울리는 사람도 없다. 아니, 그런 말로 평가할 수 없을 정도다.

내심 고개를 흔들어 보인 송지하가 특유의 독창적인 보법을 이용해 엽자건의 배후를 방어했다.

우직하게 밀어붙이는 곤법의 폭풍!

그 사이를 비집고 파고드는 병사들을 얄밉게 참격하는 것으로 자신의 존재감을 알려 나갔다. 사실 그 외엔 딱히 할 일도 없었고.

"으아!"

뒤늦게 엽자건과 송지하의 뒤를 쫓아온 목진풍이 일순 얼음같이 굳어버렸다.

눈앞에 펼쳐진 처참한 광경!

천룡영웅대와 함께 절강과 광동 일대를 휘젓고 돌아다닌 그에게 있어 그리 낯설지 않았다. 왜구들과의 전투 중 이보다 더 잔혹한 광경을 얼마든지 목격한 바 있었다.

단! 그건 어디까지나 집단전을 벌일 때의 경우다. 이렇게 단 일인이 피바다를 만들어놓은 건 처음 접하는 광경이었다. 내심 심장이 덜컥 내려앉는 기분이 들지 않을 수 없다.

그런 그의 뇌리 속으로 차가운 일갈이 파고들었다. 엽자건의 전음이다.

[정신 차려! 잔당 처리는 후위 부대로 미루고 곧바로 소실봉으로 진격한다! 진형은 직진(直陣)이다!]

"예, 옛!"

저도 모르게 소리 높여 복명한 목진풍을 향해 송지하가 극도로 얄미운 눈빛을 던져 왔다. 가느다란 입꼬리에 비웃음 역시 매달려 있다.

'저 기생오라비처럼 생긴 자식이!'

목진풍의 이마 위로 살짝 실핏줄이 도드라졌다.

본래 그에게 유감은 없었다.

엽자건의 제자인데도 자신한테 꼬박꼬박 대드는 것이 마

음에 들지 않았으나 워낙 명성이 높으니 꾹 참고 있었다.

하지만 그가 사매인 이가흔에게 들이대는 모습을 본 후부터는 사정이 달라졌다. 엽자건에 버금갈 만큼 잘생긴 자식이 화술마저 혀에 꿀을 발라놓은 듯하니 긴장되지 않을 도리가 없었다. 아주 환장할 지경이었다.

꾸욱!

청죽봉을 쥔 손에 자연스레 힘이 들어간 목진풍이 휘하의 풍자조에게 버럭 소리질렀다.

"아그들아, 직진이다! 곧바로 산 위로 뛰어오를 테니, 경공에 전력을 다하도록! 뒤떨어지는 놈들은 확 버려 버릴 테니, 알아서 살아남도록!"

"우에엣!"

"조장, 지나치다!"

여기저기서 볼멘소리들이 터져 나왔다. 강남에서 왜구들과 싸울 때도 이런 경우는 없었기 때문이다.

탁!

청죽봉으로 손바닥을 때린 목진풍이 두 눈 가득 살기를 뿜어냈다. 목소리 역시 위협적으로 변했음은 물론이다.

"이것들이 어디서 항명이야? 당장 뛰지들 못해!"

"알겠시다!"

"존명합지요!"

볼멘소리가 쑥 들어갔다.

여전히 몇몇 개방 거지들에게서 투덜거림이 흘러나오긴 했으나 어느새 풍자조는 직진 형태를 이루고 있었다. 그동안 조장인 목진풍이 풍자조를 꽤나 잘 조련해 왔음을 알 수 있게 하는 모습이다.

뿌득!

목진풍이 이를 갈고는 얼른 앞으로 나섰다.

청죽봉에서는 어느새 강맹한 기운이 넘실거리고 있었다. 특기인 타구봉법을 마음껏 사용할 준비를 끝마친 것이다.

앞서 간 엽자건은 오늘 살계를 단단히 열겠다고 말했다.

그만큼 다가올 싸움은 수월치 않을 터였다.

목진풍과 풍자조 역시 간단히 마음을 먹을 순 없었다. 화끈한 싸움을 준비해야만 했다.

"전속 돌격!"

명령과 함께 목진풍이 바람같이 신형을 날렸다. 취팔선보다.

*   *   *

"숭산 방면에서 불기둥이 치솟아올랐습니다!"

"앞서 갔던 풍자조가 소실봉을 향해 독자적인 돌격을 감행했습니다!"

"서쪽 방면에서 벌어지고 있던 싸움이 끝났습니다! 항마불장 종경 대사님이 이끄는 소림 속가군이 소실봉을 향해 전속으로 돌격 중입니다!"

실시간으로 달려와 보고하는 척후들을 앞에 두고 유백온의 두 눈이 깊어졌다.

그의 눈앞에 있는 척후들.

얼마 전 복귀한 엽자건조차 모르게 운용하고 있던 자들이다. 지난 일 년여 동안 천룡영웅대를 지휘하며 남몰래 키워온 정예들이라 할 수 있겠다.

그런 자들이 급하게 달려와 쏟아낸 정보다.

어느 하나 쉽사리 흘려들을 성질의 것은 아닐 터였다.

'그렇긴 하지만 정보들이 지나치게 상충된다. 황천기에서 갑작스레 화공을 사용한 것도 사리에 부합치 않는데, 어찌 이런 상황에서 종경 대사님과 엽 대주쯤 되는 사람이 무턱대고 소실봉으로 달려간단 말인가?'

병법의 이치.

항상 논리적이어야만 한다.

특히 지금처럼 각개의 부대가 움직일 때는 더욱 그러하다. 자칫 서로간의 계획과 움직임이 어긋나면 오히려 적에게 각개격파를 당할 확률이 높아지기 때문이다.

그런 견지로 볼 때 종경이 이끄는 소림 속가군과 엽자건의 풍자조의 움직임은 유백온의 머릿속을 혼란스럽게 만들었다.

화공에 휩싸인 본진을 향해 달려들다니!

그야말로 섶을 짊어지고 불길 속으로 뛰어든 것과 같다. 함께 죽자는 행동이나 다름없었다.

종경은 몰라도 유백온이 아는 엽자건은 결코 그런 어리석은 사람이 아니었다. 천룡영웅대의 중군을 맡아서 그를 따르는 동안 확실하게 지켜봐 왔다.

그렇다면 결과는 하나뿐이다.

'분명 내가 모르는 다른 변수가 있다! 그리고 엽 대주와 종경 대사 정도 되는 분들이 동일한 결론을 내렸다면 나 역시 머뭇거릴 이유는 없을 것이다!'

여전히 종경에 대한 믿음은 옅다.

함께 거론하긴 했으되 유백온에게 확신을 준 건 어디까지나 천룡위주 엽자건이었다. 그를 따르며 그가 벌인 싸움을 곁에서 지켜봐 온 나날을 통한 결론이었다.

슥!

손을 들어 올려 천룡영웅대 전체의 이목을 자신 쪽으로 집중시킨 유백온이 낭랑한 목소리로 외쳤다.

"전군, 지금부터 안행진을 유지한 채 진군의 속도를 두 배로 높인다!"

곧 삼면에서 복명이 터져 나왔다.

"호자조, 진군 속도를 두 배로 높이겠습니다!"

"운자조, 진군 속도를 두 배로 높이겠습니다!"

"용자조, 진군 속도를 두 배로 높이겠습니다!"

유백온의 호자조를 필두로 팽도진의 운자조와 남궁수의 용자조가 그 뒤를 따랐다. 앞서의 풍자조와 달리 일언반구의 반발조차 없었다.

유백온과 목진풍, 두 사람의 인격 차이?

그보다는 두 사람이 군을 이끄는 성향의 차이라 봐야 할 터였다.

창!

검을 뽑아 하늘로 치켜올린 유백온이 다시 소리쳤다. 목소리가 두 배로 커졌다.

"전군 진군! 천룡위주와 풍자조가 우리를 기다리고 있다!"

"우와아아아!"

천룡영웅대의 진군 속도가 빨라졌다.

무림의 젊은 영웅들!

그들이 본격적인 움직임을 보이기 시작한 것이다.

*   *   *

서걱!

단숨에 열이 넘는 목을 베고 돌아온 천간검을 역수 형태로 잡은 엽자건의 전신에서 투기가 넘쳤다.

곤법!

기본 중의 기본은 무엇보다도 손목이다.

그래서 모든 수련이 손목에 큰 비중을 둔다. 내려치고[劈棍], 올려치고[撥棍], 돌려 치고[輪棍], 내리찍고[拉棍], 튕겨 올리고[崩棍], 휘두르는[花棍] 등의 스물네 가지 변화식이 모두 손목을 중심으로 이뤄지기 때문이다.

엽자건은 이번에 아주 기본에 충실했다.

무형곤을 터득한 그의 용력은 손목으로 제대로 집중되었고, 오호파천곤의 변화를 확실하게 발휘했다. 주변을 삼절마곤의 폭풍 속에 휘몰아넣고는 완전히 폭발시켜 버렸다.

당연하달까?

소실봉의 중턱까지 단숨에 치고 올라온 그는 숨이 턱에 차 있었다.

절대지경?

무형곤의 깨달음?

대군의 압도적인 압박을 미칠 듯한 속도로 뚫어버리는 데는 별다른 소용이 없었다. 내공이 달리고, 체력이 소모되고, 전신의 근맥이 아우성을 토해내고 있었다.

어쩔 수 없다.

익히 알다시피 후방을 맡은 건 황천기주의 정예병 중에서도 최강이라 할 수 있는 강병이다. 함께하던 풍자조조차 뒤로 내동댕이친 채 앞서 내달린 엽자건에게 집중된 압박은 상상을 초월할 지경이었다.

병법? 전술? 전략?

평상시 아주 좋아하던 것들을 엽자건은 아낌없이 내동댕이쳤다. 아예 애초부터 알지 못했던 것으로 치부했다. 싹 백지로 되돌려 버렸다.

그가 지금 뛰어오르고 있는 장소.

숭산이다. 소실봉이다. 소림사의 대지였다. 사부 보종이 안돈하던 장소였다.

어떻게 이성을 유지할 수 있을까?

그러고 싶지 않았다. 결코 그럴 수가 없었다.

피가 거꾸로 치솟는 느낌, 아주 오랜만에 경험했다. 무수히 많은 전장을 거치며 억지로 머릿속에 쑤셔 박아놨던 이성적인 판단이 산산조각 나버렸다. 마음속 깊숙한 곳에 잠들어 있던 핏빛 야수가 깨어나 마구 울부짖기 시작한 까닭이다.

그 광포한 힘!

오랜만에 일깨워 낸 괴물 같은 기력을 모조리 쏟아부으며 엽자건은 자신을 가로막는 황천기를 학살했다. 더 이상 병법으로 해결할 수 있는 영역이 아니란 걸 알고 있었기 때문이다.

그 결과가 바로 이 순간이다.

"후아! 후아! 후아……"

당장에라도 터질 듯 거친 숨결.

무형곤의 기세를 담은 오호파천곤을 잠시도 쉬지 않고 무차별적으로 내지른 대가다. 이성을 날려 버리고 천살지기를 극한까지 폭발시킨 후폭풍이었다.

그래도 괜찮다.

압도적인 엽자건의 학살은 공포를 만들어냈다.

적막!

엽자건의 삼절마곤이 폭발적으로 쏟아낸 무지막지한 파괴력에 휩쓸린 이곳은 지금 공동화되어 있었다.

수장여의 공간!

어느 누구도 감히 엽자건에게 다가들지 못했다.

필시 무수히 많은 전장에서 잔혹한 패자(覇者)로 군림했을 게 분명한 황천기의 정병들은 완전히 얼어붙어 있었다. 간신히 창칼을 들고서 전열을 흐트러뜨리지 않고 있는 게 할 수 있는 일의 전부였다.

정도를 뛰어넘은 대량의 살육으로 인해 전장의 한복판에 갑자기 평화가 찾아든 형국이랄까?

잠시뿐이었다.

기력을 회복키 위해 삼절마곤을 바닥으로 내려뜨리고, 천간검을 역수로 쥔 엽자건의 눈에 이채가 어렸다.

그가 만든 살육의 공간 안으로 어느새 십여 명의 인물이 모습을 드러냈다.

하나같이 초절정의 고수급.

게다가 몇 명은 아주 낯이 익다.

수라쌍마, 대력신마 여일패…….

꿈틀!

엽자건의 눈에 살기가 어렸다.

당연하다.

유년시절 악연으로 맺어진 새외칠마 중 셋이 최선두에 서 있는 모습을 확인한 까닭이다. 꽤나 오랫동안 뼈까지 씹어서 삼켜 버리고 싶었던 자들이 말이다.

"하하, 오랜만이로군? 어떻게 이런 곳에 나타날 생각을 한 거지?"

"……."

질문에 대한 답은 돌아오지 않았다.

대신 수라쌍마가 특유의 잔월쌍극을 휘두르며 바람같이 파고들었다. 이미 수라천지합멸공에 들어간 것이다.

'뭐야, 이건?'

엽자건이 내심 눈살을 찌푸리며 뒤로 가볍게 물러섰다.

물 흐르는 듯한 움직임. 부동무상이다.

물론 그것만으로 끝일 리 없다. 본래 뒤로 신형을 물린 것부터가 일종의 함정이었다.

스슥!

순간적으로 신형을 두 개로 분신시킨 그의 손에서 천간검이 튀어나왔다.

육합참마도!

그것도 이기어검의 도리가 혼합되어진 일격이다. 그의 손을 벗어나고도 천간검은 마치 보이지 않는 줄에라도 이어진 듯 번개 같은 변화를 일으키고 있었다.

카캉!

잔월쌍극과 천간검이 얽혀들었다.

이미 강기가 형성되었던 터.

두 개의 극과 하나의 검 사이에서 벼락같은 기운이 치솟아 올랐다. 충돌의 여파다.

부아앙!

그 사이로 엽자건의 삼절마곤이 파고들었다. 또다시 부동무상으로 만들어낸 두 개의 신형이 하나로 합쳐지며 천사일로 무정세가 펼쳐진 것이다.

콰득! 콰득!

거의 동시에 수라쌍마가 뒤로 신형을 물렀다.

그냥이 아니다.

어느새 가슴이 크게 함몰되어 있다.

삼절마곤이 만들어낸 천사일로 무정세가 남긴 상흔이다. 초절정고수라 해도 반드시 죽을 수밖에 없을 만한 치명상을 당한 것이다.

그런데 이게 웬걸?

뒤로 물러선 수라쌍마는 신음 한 번 흘리지 않고 눈에 강렬한 기운을 담았다. 전혀 타격을 당하지 않은 것 같은 모습이다.

'역시 그런 것인가?'

살기로 물들어 있던 엽자건의 두 눈이 깊게 가라앉았다.

방금 전 그는 함정을 팠다.

수라쌍마의 공격을 일부러 강하게 맞받지 않고 꼼수를 써서 일격을 성공시킬 수 있었다.

예상치도 못했던 대성공!

말도 안 되는 일이다. 있을 수 없는 일이었다.

적어도 어린 시절 새외칠마에게 붙잡혀서 온갖 고초를 감당해야만 했던 엽자건에겐 그랬다. 무공을 연마한 이래 수천 번도 넘게 새외칠마와 가상으로 혈전을 벌인 바 있었기 때문이다.

실전 역시 벌였다.

음혼마군 두진양이나 잔혹마군 냉고성과는 몇 번이나 손속을 나눈 바 있었다. 비록 그들을 죽이진 못했으나 대충 예상치를 벗어나진 않았다고 여겨왔다.

그런 관점에서 눈앞의 수라쌍마는 지나치게 약했다.

잔월쌍극을 휘두르고, 수라천지합멸공을 사용해 공격했으나 특유의 언마지법은 사용조차 하지 않았다. 아주 유용하게 엽자건의 주의를 흐트러뜨릴 수 있는 수법임에도 불구하고 그러했다.

합공의 위력 역시 마찬가지다.

곤왕 유대유조차 쉽사리 보지 못했던 그들의 합공은 전날과 달리 상당한 허점을 드러냈다. 그게 엽자건이 단숨에 대성공을 거둔 이유였다.

게다가 가슴이 뭉개지고도 괜찮은 저 모습이라니!

엽자건은 확신을 느꼈다.

눈앞의 수라쌍마는 생자(生者)가 아니라 사자(死者), 즉 시체를 특수한 방식으로 되살려놓은 강시가 분명했다. 상식적으로 알고 있던 강시와는 사뭇 달라 보이지만 말이다.

슉!

깨달음과 함께 엽자건이 수라쌍마에게 파고들었다.

상대가 강시라면 공격 방법을 달리해야 한다.

근골을 부수는 게 아니라 목을 자르거나 머리를 박살 내는 방법이 가장 적당할 터였다.

쉬아악!

그래서 이번에는 삼절마곤이 아니라 천간검을 사용했다.

역수의 천간검에 무형의 강기를 주입한 후 벼락같이 아래에서 위로 휘둘렀다.

정확히 수라쌍마가 서 있던 중간!

스슉! 슉!

수라쌍마가 재빨리 좌우로 물러섰다. 강시라도 이지는 남아 있었다. 방금 전 가슴에 당한 강력한 타격을 기억하기에 회피 동작이 아주 빨랐다.

그러나 엽자건이 노린 건 처음부터 그들이 아니었다.

좀 더 뒤였다. 여전히 압도적일 만큼 거대한 덩치를 자랑하고 있는 여일패가 진짜 목표였다.

휘리릭!

날카로운 검강이 담겨 있는 천간검이 일순 엽자건의 손을 떠났다. 회전한다. 한줄기 날카로운 광막을 형성한 채 여일패를 단숨에 양단해 간다.

푸확!

순간 여일패의 얼굴이 수박처럼 폭발했다.

본래 그는 다른 새외칠마들과 달리 강력한 힘과 외공을 주특기로 하는 자였다. 경공이 떨어지고 판단력 역시 마찬가지다. 강시로 변했다 하여 그 같은 사정이 달라졌을 리 없다.

쿵!

여일패가 얼굴을 잃은 채 바닥으로 무너져 내렸다. 찰나 만의 일이다.

빙글!

이미 엽자건은 신형을 돌려세우고 있었다. 삼절마곤 역시 그냥 쉬고만 있진 않는다.

부아앙! 부아아아앙!

연속적으로 휘둘러진 삼절마곤에서 일어난 무형곤의 기운이 뒤늦게 합격해 오던 수라쌍마를 다시 뒤로 밀어냈다. 압도적인 곤압에 짓눌려 그들은 특기인 합공의 묘미를 제대로 살려낼 수 없었다.

'이지가 남아 있다 해도 역시 강시는 어쩔 수 없군. 미묘하게 합공의 합(合)이 늦어. 뭐, 내게는 다행스런 일이지.'

정말 다행이다.

새외칠마는 현재의 엽자건이라 해도 결코 쉽게 볼 수 없는 진짜 고수들이다.

이번처럼 셋이 모인 상태에서 합공을 당했다면 아주 긴 싸움을 벌일 수밖에 없었을 터였다. 천살지기를 폭발시키며 살육극을 벌인 터라 꽤나 많이 지친 상황이었기 때문이다.

그런데 막 다시 회수한 천간검으로 육합참마도형을 펼치려던 엽자건의 미간 사이가 좁혀졌다.

등골이 서늘한 느낌!

핏!

순간 엽자건의 방심의 허를 찔러오는 살수가 있었다. 사타구니 사이를 양단하는 검은 검날과 함께.

"헛!"

엽자건의 입에서 다급한 신음이 터져 나왔다.

진짜 기가 막힌 일격이다. 거의 성공할 뻔했다.

검은 검날에 사타구니가 양단되기 직전에야 엽자건은 가까스로 살수의 존재를 눈치챘다. 그만큼 완벽한 사각 속에서 튀어나온 살수였다.

휘릭!

엽자건이 허리를 뒤로 크게 젖히며 철판교를 펼쳤다. 부동무상마저 펼칠 여유가 없다는 판단이었다.

당연히 그것만으로 끝일 리 없다.

스아악!

엽자건의 사타구니를 향해 치솟아올랐던 검은 검날이 방향을 바꿨다. 여전히 목표는 사타구니다. 등을 거의 바닥에 대고 있는 엽자건을 결국 양단하고야 말 기세다.

그뿐만 아니다.

삼절마곤에 밀려났던 수라쌍마 역시 다시 잔월쌍극을 휘둘러 오고 있었다. 그들이 노리는 건 머리다. 동료인 여일패가 당한 것과 동일한 복수를 하려는 것 같다.

'제기랄! 본래 함정은 내가 빠진 거였잖아!'

내심 투덜거린 엽자건의 눈이 차갑게 가라앉았다. 좀 전까지만 해도 잔재를 남기고 있던 천살지기가 깨끗이 사라져 버렸다.

생사지간!

그 찰나의 간극 속에서 극도의 집중력이 발생했다. 황궁무고에서 얻은 심득을 극도로 발휘할 수 있는 여건이 조성된 것이다. 느닷없이 그리되었다.

창!

검은 검날을 쳐낸 천간검이 다시 회전을 일으키며 하늘로 날아올랐다.

광륜(光輪)!

빛의 무리가 사방으로 퍼진다. 마치 갑자기 하늘에서 태양이 폭발하기라도 한 것 같다. 그런 정도의 강력한 빛이 일시 동공을 태워 버렸다.

움찔! 움찔!

막 엽자건의 머리를 향해 잔월쌍극을 내려치던 수라쌍마가 가벼운 동요를 보였다.

천간검이 만들어낸 착시 효과!

자연스레 방금 전 여일패의 머리가 두부처럼 잘려 나간 상황이 연상되지 않을 수 없다. 강시라 해도 충분할 정도로 이지가 남아 있는 상황이었으니까.

슥!

그때 엽자건이 움직였다.

손바닥으로 바닥을 친 그가 신형을 귀영처럼 이동해 광륜의 빛 속으로 스며들더니, 삼절마곤이 다시 강력한 폭풍을 만들어냈다.

함정이다.

삼절마곤의 곤압에 민활한 반응을 보이던 수라쌍마의 머리가 일순 폭죽처럼 폭발했다. 광륜의 빛 속에서 몰래 날려보낸 무형곤이 거둔 성공이었다.

그러나 엽자건은 환호작약하지 않았다. 오히려 그는 더욱 신중해졌다.

찰나의 순간, 광륜을 만들어냈던 천간검과의 교류가 끊겼다. 수라쌍마의 머리를 무형곤으로 폭발시킨 것과 거의 동시에 벌어진 일이었다.

그럼 검은 검날은?

짧은 상념 속에서 검은 검날이 다시 모습을 드러냈다. 이번에는 아예 옆구리 사이다. 갈비뼈 사이로 독사의 차가운 이빨처럼 강한 일격을 가해왔다.

스슥!

이번에는 부동무상이 정확하게 펼쳐졌다.

순간적으로 두 개로 나뉜 엽자건의 신형 사이로 검은 검날이 허무한 궤적을 그려냈다.

동시에 모습을 드러낸 외팔이 복면인.

역시 눈에 익다. 그의 손에 들려 있는 묵검의 칠흑빛 검날과 함께.

"마령귀사!"

"……."

차갑게 타오르는 불길과 같은 엽자건의 일갈에 대한 대답은 돌아오지 않았다.

대신 다시 횡을 그리며 떨어져 내린 검날.

파각!

엽자건의 삼절마곤을 단숨에 두 동강낸다. 이미 천 명이 넘는 병사를 도륙한데다 연달아 무형지기와 강기공을 번갈아

사용했다. 피로가 누적된 사이를 묵검의 검날은 여지없이 파고들어 왔다. 섬뜩한 살기와 함께.

스으.

그러자 엽자건의 상반신이 기묘한 곡선을 이루며 움직였다.

검날에 대한 회피 동작이다.

더불어 꼿꼿하게 펼쳐진 수장의 일격!

칠흑의 검날을 때린다. 움직임을 봉쇄한다. 그리고 강한 반탄력과 함께 튕겨낸다.

금룡십이해!

그다음은 여형수형퇴다.

순간적으로 위로 치켜 올라간 엽자건의 발이 현란한 변화를 연출하며 마령귀사의 안면을 가격해 들어갔다. 단숨에 그의 숨을 끊어놓으려 했다.

콰득!

마령귀사가 어깨뼈로 엽자건의 일격을 막아냈다. 뼈가 바쉬지는 소리가 터져 나왔다.

그러나 어차피 사용할 수 없던 잘린 팔이다.

타격과 함께 순간적으로 신형을 회전시킨 마령귀사의 묵검이 배후 찌르기의 형태로 엽자건의 배를 노렸다. 여태까지처럼 사각을 파고드는 공격이었다.

'지겨운 놈!'

엽자건의 팔꿈치가 검날을 때렸다. 섬광과도 같은 속도를 그렇게 줄여냈다.

무릎 역시 쉬지 않는다.

벼락같은 슬격이 마령귀사의 옆구리로 파고든다. 갈비뼈 몇 개를 단숨에 박살 내버린다. 역시 피하지 않았기에 그리 만들 수 있었다.

당연하달까?

마령귀사는 다시 엽자건에게 파고들었다. 사각을 노리며 묵검을 찔러 들어왔다. 천간검을 사용할 수 없는 상태에서 싸움을 끝장내려는 심산이다.

빠각!

엽자건의 발이 더 빨랐다.

그의 여형수형퇴가 묵검을 날려 버렸다. 손등을 걷어차 일시적인 마비를 만들어낸 것이다.

그런데 갑자기 상황이 돌변했다.

푸확!

마령귀사에게 최후의 일격을 준비하던 엽자건의 어깨에서 피가 튀었다. 묵검을 놓치자마자 다시 사각을 노리며 파고든, 마령귀사의 손에 들린 짧은 암도의 도날이 만들어낸 결과물이었다.

슥!

마령귀사가 그제야 뒤로 신형을 물렸다.

촌각의 근접 박투만으로 완전히 너덜너덜해진 상황.

하지만 밖으로 드러난 그의 입꼬리는 흐릿한 미소를 만들어내고 있었다. 자신의 승리를 확신한 모양새다.

'암도에 깃들어 있는 저주독은 묵검의 암혈독과도 비견될 수 없을 만큼 지독하다! 저 정도의 상처라면 곤왕 유대유라 해도 결코 살아남을 수 없다!'

마령귀사는 내심 고통을 참고서 눈을 번뜩였다.

천기마야와의 약속대로 그는 마지막 불안 요소인 엽자건을 암살하는 데 성공했다. 환야와의 약속대로 귀살인도의 명맥을 유지할 수 있게 된 것이다.

그때 엽자건의 입에서 시커먼 핏덩이가 터져 나왔다. 아주 꾸역꾸역 튀어나왔다.

"우웩!"

'주인!'

환월은 혼백이 흩어질 만큼 놀랐다.

아수라장이나 다름없는 전장이다. 칼을 맞고 피를 흘리는 것쯤은 예사라고 할 수 있었다.

주인인 엽자건 또한 마찬가지다.

최초의 만남 이후 환월은 몇 차례나 그가 상처 입고 피를 흘리는 걸 지켜봐 왔다. 그중 몇 개는 그녀가 남기기도 했다. 아주 일상적인 일이었다.

단! 그건 어디까지나 단순한 생채기일 때의 일이다. 지금처럼 엄청난 중상을 당해 당장에라도 쓰러질 것 같은 모습은 처음 봤다. 북경의 자금성에서도 천군만마에 포위되고도 상처 하나 입지 않았던 그가 아니던가.

게다가 그녀는 마령귀사의 손에 들려 있는 암도를 한눈에 알아봤다.

암도묵검!

수백 년간 부상국에서 최강의 인자 집단으로 군림해 온 귀살인도의 보물이자 최종 병기였다. 당주의 상징인 이 두 개의 병기에는 각기 저주독과 암혈독이 발라져 있었는데, 그 위력은 무시무시했다. 어떤 강자라 해도 확실하게 중독된다면 목숨을 잃어버릴 수밖에 없었기 때문이다.

'특히 암도의 저주독은 아예 해독제가 전무하다고 알려져 있다! 일반적인 극독이 아니라 귀살인도의 비술에 의해 고양된 저주력이 집결된 것이기 때문이다!'

생각은 길었으나 동작은 빨랐다.

그녀는 내심 염두를 굴리자마자 환마류의 은신술을 펼친 채 엽자건을 향해 신형을 날렸다. 암도의 저주독에 중독된 그를 구하기 위해 귀살인도의 당주이자 최강의 고수인 마령귀사에게 암습을 감행한 것이다.

그런데 그녀보다 빠른 자가 있었다. 아니, 도다.

패애애앵!

갑자기 천공을 가르며 찬연한 도기가 솟구치더니, 직도 하나가 눈부신 속도로 대기를 갈랐다.

목표?

생각할 것도 없이 마령귀사다.

第九十二章

선공필승(先攻必勝)

少林
棍王
소림곤왕

밀고 내려오는 적이 기세를 타면
아주 힘든 싸움이 된다

'앗!'

양손 가득 수라표를 준비하고 있던 환월의 눈이 동그랗게
변했다.

빛살인가?

순간적으로 그녀를 지나쳐 간 하얀 도기가 삽시간에 마령
귀사 앞에 도달했다.

정확히는 그의 묵도다.

하얀 도기는 막 검붉은 피를 분수처럼 토해낸, 엽자건의 목
을 치러 들어가던 묵도를 가격했다. 상당한 공간을 단숨에 가
로질러서 말이다.

캉!

마령귀사가 묵도와 함께 뒤로 주르륵 밀려났다. 상당한 거리를 날아왔음에도 하얀 도기를 발산하는 직도에 실려진 힘은 상상을 초월할 지경이었다.

"이기어도?"

마령귀사가 눈을 번뜩였다. 생각보다 강력한 직도의 위력에 크게 놀란 까닭이다.

그때 묵도에 의해 튕겨져 날아오른 직도를 공중에서 회수한 송지하가 옷자락을 휘날리며 바닥에 떨어져 내렸다. 멀리서 엽자건의 위험을 발견하고 이기어도를 발휘했음이 분명하다.

슉!

순간 묵도와 하나가 된 마령귀사가 곧바로 송지하를 급습해 들어갔다. 그와 저주독에 중독된 엽자건의 사이를 떼어놓으려는 의도.

'그런 게 아냐!'

내심 소리친 환월이 신법의 속도를 더욱 높였다.

마령귀사와 마찬가지로 그녀 역시 귀살인도의 인자다. 그것도 특급이다.

당연히 마령귀사의 속셈 역시 짐작이 가능했다.

목표물의 죽음!

아직 결정되지 않았다. 느닷없이 튀어나온 방해꾼에게 신경을 분산시킬 리 만무했다. 분명 허허실실(虛虛實實)이다.

휘릭! 휘리리릭!

잇달아 환월의 손을 떠난 수라표들이 날카로운 소성과 함께 공중을 가로질렀다. 일부러다. 자신이 던진 수라표에 마령귀사가 반응하길 원한 까닭이다.

게다가 목표는 엽자건이다.

그와 마령귀사 간의 동선을 어떻게든 끊어놓으려 했다. 도착 전에 일이 끝나지 않도록 하기 위함이었다. 그게 가장 먼저 해야 할 일이라 판단 내린 것이다.

'쓸데없는 짓을!'

엽자건이 눈살을 가볍게 찌푸렸다.

여전히 사기를 띤 채 검붉게 변색되어 있는 얼굴에, 입가엔 핏물이 범벅이나 눈빛은 다르다.

어느새 붉은 기가 옅어져 흰자위가 드러나고 있다.

저주독?

암혈독보다 대단한지는 모르나 엽자건을 죽일 정도로 중독시키긴 쉽지 않다. 그는 이미 자연스레 절대지경에 오르며 만독불침(萬毒不沈)에 가까운 몸이 된 까닭이다.

하지만 순간적이나마 위기를 느낀 것도 사실이었다. 온통 저주독의 해독에 집중되어 버린 내기로 인해 눈앞의 마령귀사에게 신경을 집중시킬 수 없었다. 자칫 잘못하면 불구대천의 원수를 눈앞에서 놓쳐 버릴 위기 상황이었다.

결국 엽자건이 내린 선택은 함정을 파는 것이었다.

독기가 섞인 피를 미친 듯 내뿜는 것으로 마령귀사를 안심시킨 후 그를 끌어들여서 단숨에 목을 쳐서 죽여 버릴 심산. 이런 종류의 연기는 제법 많이 해봤다.

'그런데 괜스레 끼어들어서 산통을 다 깨놓다니! 응? 마령귀사 이 자식, 제법 근성이 있잖아!'

내심 분통을 터뜨리던 엽자건의 입꼬리가 미묘하게 치켜 올라갔다. 환월과 마찬가지로 마령귀사의 허허실실 전법을 대번에 눈치챈 까닭이다.

그래도 그는 잠시 무방비 상태를 유지했다.

함정은 확실하게 파야 한다.

중간에 문제가 발생될 여지를 결코 남겨둬선 안 된다. 그게 평상시 그의 지론이었다.

추욱!

엽자건은 양손을 아예 밑으로 내려뜨려 버렸다. 두 동강 난 삼절마곤이 여전히 쥐어져 있긴 하나 전혀 위협적으로 보이지 않는다. 그의 현재 모습이 그러했다.

바로 그때다. 유성과 같은 속도로 비처럼 쏟아져 내린 수라표 사이로 마령귀사가 귀신같이 파고들어 왔다. 언제 어떻게 송지하에게서 엽자건 쪽으로 방향을 선회했는지 감조차 잡기 힘든 움직임.

스아악!

암도의 도날이 음유로운 살기를 품은 채 엽자건의 하복부를 찔러 들어왔다. 마령귀사의 몸은 거의 바닥을 바라보며 길게 누워 있었다. 혹시라도 있을지 모를 최후의 발악 내지는 반격에 걸리지 않겠다는 의지였다.

그러나 엽자건은 오히려 이 같은 순간을 바라 마지않고 있었다.

싱긋!

얼핏 그의 입가에 걸려 있던 미소가 짙어진 것과 동시다. 정 자를 이루고 있던 발끝이 미묘한 변화를 일으켰다. 그리 멀지 않은 곳에 떨궈져 있던 묵검을 차서 올린 것이다.

푸확!

암도와 함께 날아들던 마령귀사의 몸에서 엄청난 양의 핏물이 튀어 올랐다. 엽자건의 발끝에 차여 기묘한 각도로 튀어오른 묵검의 검날이 그의 몸을 꼬치 꿰듯 관통해 버린 까닭이다. 아주 제대로 걸려들었다.

스윽!

그와 함께 암도의 도날을 간단히 피해낸 엽자건이 순식간에 마령귀사와의 간격을 좁혔다. 손에 들려진 삼절마곤에는 이미 막강한 역도가 실려져 있다.

부아앙!

태산압정(泰山壓頂)의 기세!

간략한 동작이나, 강대한 힘이 함유된 일타일게의 일격이 벽력처럼 마령귀사의 머리 위로 떨어져 내렸다. 단숨에 그의 머리를 부숴 버리려 했다.

그러나 그 순간 마령귀사가 민활하게 몸을 더욱 숙이더니, 바닥을 나뒹굴었다. 아슬아슬하게 엽자건의 삼절마곤을 피해낸 것이다.

중간이 절단되어 짧아진 삼절마곤의 약점을 정확하게 간파하지 않았다면 보일 수 없는 기지.

빙글!

엽자건이 곧바로 반응을 보였다. 수중의 삼절마곤을 육합참마도와 같은 역수로 쥐고서 바닥을 기는 마령귀사의 머리를 다시 노렸다. 그를 박살 내려 한 것이다.

데구루루!

마령귀사가 다시 바닥을 굴렀다. 특기인 지둔술조차 펼치지 못할 만큼 심각한 부상을 당했음이 분명하다.

그때, 다시 급변이 일어났다.

"우와아아아아!"

"우와아아아아!"

여태까지 공동화되어 있던 엽자건 주변으로 엄청난 숫자의 대병이 밀려들었다.

족히 일천 명 이상!

게다가 그들은 일반 병사들이 아니었다. 후금이 자랑하는 황천기 정예의 궁병들이었다.

쇄액! 쇄쇄쇄쇄쇄!

엽자건과 송지하, 환월을 향해 일시 수천 발이 넘는 강전들이 날아들었다. 아군이라 할 수 있는 마령귀사가 있음에도 전혀 개의치 않는 강공이었다.

"으헉!"

'아……'

엽자건을 향해 달려들던 송지하와 환월이 거의 동시에 난감한 표정이 되었다.

하늘을 가득 메운 화살들.

유려한 곡선을 이루며 날아올라 최고점에 이른 순간 맹렬한 기세로 자유낙하를 시작한다. 일시적이나마 시간이 멈추었으면 하는 상황을 연출해 낸 것이다.

여기서 두 사람의 행동은 달라졌다.

송지하가 잠시 엽자건을 잊기로 한 데 반해 환월은 곧바로 더욱 신법의 속도를 높였다. 하늘을 가득 메운 화살이 쏟아지기 전에 엽자건과 합류하기 위함이었다.

'저런 바보가!'

엽자건 역시 엄청난 기세로 떨어져 내리는 화살세례를 봤다. 또한 그걸 개의치 않고 자신을 향해 몸을 날려오는 환월 역시 똑똑히 확인했다.

그 역시 결정을 내려야 할 상황!

내심 욕설을 내뱉은 엽자건이 여전히 바닥을 기고 있는 마령귀사를 노려본 후 환월을 향해 신형을 날렸다. 일단 자신을 향해 맹목적으로 달려오고 있는 환월을 구하는 게 우선이란 판단이었다.

당연하달까?

그의 손에는 어느새 회수한 천간검과 마령귀사의 몸을 뚫고 돌아온 묵검이 들려 있었다. 하늘을 가득 메운 화살을 막을 도구가 필요했기 때문이다.

슉! 파아앙!

일순 엽자건의 신형이 길게 늘어났다.

물론 실제로 그리된 건 아니다. 금강부동보의 부풍무영이 극단적으로 빨리 시전되며 일어난 잔상 효과였다. 폭발음조차 대기를 떨어 울린다.

더불어 날아오른 두 개의 검!

용봉(龍鳳)이 겨루듯 하늘로 비상하더니, 찬연한 기운을 발하며 거대한 회전을 만들어낸다. 하늘에서 떨어져 내리는 화살세례를 튕겨내기 위함이었다.

*　　　*　　　*

"재밌는 자가 나타났지 않은가!"

천기마야의 행적을 추격하며 소림사로 향하던 황천기주의

눈에 이채가 어렸다.

황천기 휘하의 일만 정병!

동북아를 제패한 후금의 최강 강병이라 자부하는 바였다.

당연히 그는 지난 몇 달간 소실봉을 포위하고도 소림사를 점령치 못한 것을 매우 수치스럽게 생각하고 있었다. 중간에 하남성 도지휘사사의 대병을 상대해야만 하긴 했으나 어차피 전쟁 한 번 치러보지 못한 잡병이었다. 수없이 많은 전투 속에 성장한 황천기의 정병에 비할 바가 못 되었다.

그래서 천기마야가 지원해 준 배교 사념술사들의 대활약이 내심 마뜩치 않았다. 후일 마천을 적으로 돌렸을 때를 대비해 몰래 제거해야겠다는 생각까지 하고 있었을 정도다.

그런 그의 눈에 엽자건이 들어왔다.

후위에 배치해 놨던 일천 강병을 거의 혼자서 박살 내고 올라온 강자!

눈에 띄지 않는 게 더 이상하다.

그러나 그를 더욱 신경 쓰이게 만든 건 마치 기다렸다는 듯 그를 암습한 천기마야의 수하들이었다.

한눈에 보기에도 초절정 급의 강자들이다.

그들을 무려 셋이나 보냈다는 건 천기마야가 얼마만큼 엽자건을 중시하고 있는지를 알 수 있게 해준다. 중원에 들어와 생각지도 않았던 불안 요소와 맞닥뜨리게 된 것이다.

'과연 소림사란 건가? 내 시선에서 벗어나 있던 자 중에 이

런 강자가 있을 줄은 몰랐거늘. 하지만 안타깝게 되었군. 하 필이면 내 눈에 뜨였으니 말야.'

내심 눈을 빛낸 황천기주가 슬며시 손을 들어 올렸다. 먼저 보낸 일천 명의 궁전수들 외에 다시 장창수와 참격대를 투입해 엽자건을 완전히 끝장내려 함이었다.

그런데 갑자기 그의 표정이 바뀌었다.

급변!

엽자건을 당황케 했던 전장의 변화가 그에게도 영향을 미쳤다. 물론 다른 상황과 이유 때문이었다.

슉! 스스슥!

굳이 황천기주가 명을 내릴 필요조차 없었다.

그를 그림자처럼 따르고 있던 천풍십사가 한줄기 바람이 되어 근처로 흩어졌다. 갑작스레 소실봉 밑에서 일어난 급변에 대한 정확한 정보를 얻기 위해서였다.

'병법 역시 아는 자란 말인가? 그렇다면 반드시 오늘 이 자리에서 죽여야만 할 것이다!'

천기마야와 사념술사들을 향하던 황천기주의 살기가 엽자건 쪽으로 방향을 선회했다. 더욱 진하고 무자비한 폭력성을 함유한 채.

*　　　　*　　　　*

투타타타타탕!

머리 위에서 터져 나온 요란한 소음. 사방으로 비산하는 화살들의 모양새.

"아!"

환월이 입을 가볍게 벌렸다.

특급 인자인 그녀로선 아주 드문 일이다. 적어도 지금 마음에 둔 정인인 엽자건의 품에 안긴 아주 즐거운 상황이 아니라면 분명 그러할 터였다.

꼬옥!

얼떨결에 엽자건의 가슴팍을 강하게 부여잡은 환월의 손에 힘이 들어갔다. 꽤 세다.

"아야!"

엽자건이 눈을 부릅떠 보이자 환월이 움찔 놀란 표정이 되었다. 그가 화를 내는 것으로 착각한 것이다.

잠시뿐이다.

그녀는 곧 엽자건의 눈이 자신을 바라보고 있지 않다는 걸 깨달았다.

전장의 한복판이다.

새카맣게 하늘을 덮은 화살의 비가 쏟아지고, 적의 대병이 몰려드는 때에 신경을 분산시킬 까닭이 없다. 아예 상상조차 허용되지 않는 멍청한 짓이다.

'그래도 주인은 날 위해 달려왔으니까…….'

잠시 서운해지려던 기분을 머릿속에서 날려보낸 환월이 갑자기 능숙하게 엽자건의 품에서 빠져나왔다.

물론 본의는 아니다.

평상시 같으면 아예 찰싹 달라붙어서 절대 떨어지지 않으려 했을 터였다. 엄청난 함성과 함께 밀려오고 있는 엄청난 숫자의 창병이 없었다면 말이다.

곧바로 환마류 은신술을 펼쳐서 전투에 참가하려던 환월의 귓전으로 냉정한 목소리가 파고들었다. 역시 하늘에서 떨어져 내린 천간검과 묵검을 손에 나눠 든 엽자건이었다.

[종경 사숙조님은 어디에 계시지?]

[서북쪽에 나 있는 소로를 따라 이동 중이십니다. 곧 소림사 앞의 본진과 합류하실 수 있을 거라 생각됩니다.]

[될 수 있으면 후위의 천룡영웅대와 함께 양동하라고 했을 텐데?]

[주인의 명대로 이미 양동에 들어간 상태입니다.]

[어떻게?]

[천룡영웅대는 절벽을 따라 기어오르고 있는 중입니다. 아마 지금 중턱쯤까지 올랐을 겁니다.]

[좋아!]

엽자건이 짤막한 대답과 함께 어느새 그의 곁으로 후퇴해온 송지하에게 명령했다.

"지하, 지금부터 나와 쌍첨진(雙尖陣)을 이룬다!"

"헤엑! 설마 이대로 저 녀석들을 향해 돌격이라도 하시려는 겁니까?"

"그럴 생각이다만?"

"사부님, 부상도 심하신데, 그냥 후위의 풍자조 쪽으로 일단 후퇴하시죠? 우리 둘이 감당하기엔 너무 많은 숫자입니다."

"나, 부상 다 나았다. 게다가 저들을 이대로 풍자조와 맞닥뜨리게 해선 안 된다. 밀고 내려오는 적이 기세를 타면 아주 힘든 싸움이 되니까."

"그, 그래도 이건 좀……."

난색을 표하는 송지하에게 엽자건이 이를 드러내며 웃어 보였다. 아주 상황과 어울리지 않게 유쾌한 표정이었다.

"재밌겠지?"

"전혀요!"

"날 계속 따라다니려면 이런 상황을 즐겨야만 한다!"

"우억! 벌써 달려가시는 겁니까? 너무 빠르잖습니까!"

"선공필승(先攻必勝)이다!"

엽자건이 벌써 저만치 앞으로 신형을 날려가며 유쾌하게 소리쳤다.

"선공필승은 개뿔!"

송지하가 나직이 투덜거리다 섬뜩한 느낌에 어깨를 한차

례 움츠러뜨렸다.

뒷골을 서늘하게 만드는 살기!

굳이 누군지 생각할 필요도 없다. 이미 그림자가 되어 엽자건의 뒤를 따르기 시작한 환월의 등장을 예의 주시한 바 있었기 때문이다.

"간다구! 가면 될 거 아냐!"

다시 투덜거림을 터뜨린 송지하가 직도를 주워 들고 엽자건의 뒤를 따라 신형을 날렸다.

그는 내심 엽자건이 미워지려 하고 있었다.

환월 같은 미인이 자신이 아니라 다른 사람에게 절대적인 사랑을 퍼붓는 게 아주 마음에 들지 않았다. 저절로 반감이 치솟았다. 하지만 이곳은 전장이었다. 평상시처럼 제멋대로 강짜를 부릴 수 없는 게 당연했다.

"쿨럭!"

풍자조를 이끌고 빠르게 소림사 쪽으로 향하던 목진풍이 사레든 기침을 토해냈다.

눈앞에 보이는 광경!

자신의 눈을 의심할 정도다. 도대체가 아예 상상, 그 자체를 훌쩍 뛰어넘는 듯하다.

그의 뒤를 따르던 풍자조 역시 마찬가지인 듯하다.

어느새 그에게 다가선 개방도들이 아주 심각한 표정으로

말했다.

"저기 조장, 엽 대주님 말입니다. 정말 저희들하고 같은 사람이 맞는 겁니까?"

"분명 혼자서 달려가셨던 것 같은데 이건 좀……."

"굳이 우리들까지 끼어들 필요가 없는 거 같은데요? 뭐, 가까이 다가가 보니 불이 싸질러진 것도 아니었던 것 같고."

목진풍 역시 잠시 비슷한 생각을 했다. 잠시 침묵에 빠진 것도 무리는 아니다.

잠시뿐이었다.

곧 그의 시선이 그리 멀지 않은 위쪽을 향했다. 하늘을 가득 메운 채 떨어져 내리는 화살의 비를 발견한 까닭이다.

"잡소리는 이제 그만!"

"다시 전속 돌격입니까?"

"그래. 드디어 제대로 된 싸움을 할 때가 된 것 같다."

"우오!"

개방도들이 괴성을 터뜨리자 나머지 풍자조 역시 일제히 함성을 터뜨려 호응했다.

그리 멀지 않은 곳에 혼자 적진을 박살 내고 있는 엽자건이 있었다. 그를 더 이상 기다리게 해선 곤란하단 공감대가 빠르게 형성된 것도 무리는 아니었다.

그다음은 뻔하다.

여태까지와 마찬가지로 목진풍이 앞서 달렸고, 풍자조가

그 뒤를 따랐다. 곧 이어질 혈전에 신경을 바짝 긴장시킨 채 침묵의 행군을 계속했다.

그렇게 잠시의 답답한 시간이 흘러갔을 때였다.

앞서 달리고 있던 목진풍의 눈매가 가늘어졌다. 재게 움직이던 발걸음 역시 보폭을 줄인다. 드디어 엽자건이 벌이고 있는 피투성이 싸움을 목전에 두게 된 까닭이다.

'우억! 진짜로 엽 대형, 저런 무식한 방식으로 싸우고 있었던 건가!'

목진풍은 내심 비명을 터뜨렸다.

그리 멀지 않은 곳에서 엽자건과 송지하, 환월이 삼각형의 쌍첨진을 형성하고 있었다. 그 주변을 에워싼 천여 명의 정병은 계속 맹공을 가하고 있는 상태고 말이다.

기가 질리지 않을 수 없는 상황!

만약 평범한 무림의 싸움이었다면 절대 끼어들지 않았을 터였다.

─삼십육계(三十六計) 주위상계(走爲上計)!

이 얼마나 멋진 말이던가!

아주 황홀하고, 반드시 귀담아들어 마땅한 소중한 선현(先賢)들의 가르침이라 할 수 있다. 적어도 개방의 거지인 목진풍에겐 그러했다.

하지만 이곳은 전장이었고, 저 앞에서 싸우고 있는 사람은 전우였다. 동료였다. 피를 나눈 혈육이었다. 절대로 버릴 수 없는 존재였다.

'후웁! 하아!'

내심 크게 숨을 들이켰다가 내쉬어 보인 목진풍이 눈에 신광을 담은 채 버럭 소리질렀다.

"풍자조, 일제 돌격! 대장을 구하고, 떨거지 같은 적들을 모조리 박살 낸다!"

"우오! 대장을 구하자!"

"대장을 구하고 개고기를 구워 먹자!"

"개고기를 구워 먹자!"

"저, 저기… 이곳은 소림사가 있는 숭산인데, 개고기를 구워 먹는 건 좀……."

"반드시 개고기를 구워 먹을 테다!"

중간에 개방에 속하지 않은 풍자조원 한 명이 진지한 표정으로 끼어들었으나 곧바로 씹혔다. 개방 거지들이 중심이 된 풍자조에서 어렵지 않게 볼 수 있는 풍경이기도 했다.

"너무 늦어!"

엽자건이 사부 보종에게 배운 원월진무도(元月振武道)를 적당히 펼치며 슬쩍 인상을 썼다.

원월진무도!

작은 소도와 긴 장도를 이용해 펼치는 무공으로, 소림칠십이종 절기엔 포함되지 않는다. 본래 용병 생활을 하며 천하를 떠돌아다니던 중 우연히 얻은 걸 보종이 적당히 손봐서 전수해 준 무공인 까닭이다.

당연히 육합참마도와 마찬가지로 소림사의 일반적인 무공과 달리 대인살상에 특화되어 있다. 그것도 다수를 상대로 사용하는 것에 말이다.

스파팟!

일순 엽자건의 천간검과 묵검이 사방을 종횡하듯 휘젓자 수십 줄기나 되는 무형 검기가 일어났다.

일반적인 검기와는 다르다.

초승달 모양!

게다가 빙글거리며 제멋대로 회전을 보인다. 멋이나 장식을 위해 그런 짓을 벌일 리 만무하다.

순간적으로 초승달 검기가 회전과 함께 퍼져 나갔다.

다음은 피의 폭풍이다.

엽자건과 송지하를 향해 죽기 살기로 달려들던 병사 수십 명이 우르르 무너져 내렸다. 비명조차 없다. 순식간에 벌어진 일이었기 때문이다.

송지하 역시 쉬지 않는다.

그는 현란한 보법을 선보이며 나머지 생존자들을 참격해 냈다. 이미 여자 앞에서 헤실거리던 모습 따윈 흔적조차 남아 있지 않다. 냉혹한 암살자다.

환월은 더욱 바빴다.

별동대를 이뤄서 쌍첨진의 배후로 치고 들어오던 일단의 무리를 수라표로 깨끗이 저세상으로 보내줬다. 단 한 명의 예외도 없었다. 주변을 가득 메운 채 끊임없이 밀려들고 있는 황천기의 정병에 은근히 기가 질린 까닭이었다.

당연하달까?

인상을 쓴 엽자건과 달리 송지하와 환월은 뒤늦게 도착한 목진풍의 풍자조를 발견하고 환호작약했다. 드디어 제대로 된 병진을 이뤄 전투를 벌일 수 있게 되었다는 판단이었다.

'에구구! 이제야 좀 쉴 수 있게 되었군!'

'생각 이상으로 온전히 전력을 유지한 채 올라왔구나. 종경 대사님이 이끄는 소림 속가군과 천룡영웅대의 본진이 양동을 벌이는 지점까지 오르는 동안 확실히 도움이 되겠어.'

송지하와 환월이 빠르게 머리를 굴리고 있을 때였다.

힐끔!

거의 코앞까지 이른 목진풍과 풍자조에 시선을 던진 엽자건이 벽력같이 사자후를 토해냈다. 명령을 내린 것이다.

"진형은 쌍첨진! 곧바로 원추형으로 진격에 들어간다!"

목진풍이 얼른 복명했다.

"진형은 쌍첨진! 풍자조 형제들아! 모두 알아들었으면, 당장 이를 악물고 대장에게 달라붙어라!"

"우오!"

여태까지 힘을 비축해 왔던 풍자조가 일제 괴성과 함께 엽자건의 배후로 달려들었다.

이런 종류의 싸움.

엽자건을 따라 천룡영웅대의 별동대 역할을 맡으며 아주 숱하게 경험해 봤다. 강남을 떠나 소실봉의 산악 전투에 참가하게 되었다 하여 달라질 건 없었다.

그와 동시다.

풍자조가 들러붙는 시간을 정밀하게 계산한 엽자건이 송지하에게 눈짓을 던졌다.

[지하, 이젠 그만 놀고 전력을 다해라!]

[놀다니요! 지금도 숨이 턱에 들러붙어 죽을 것 같구만?]

[이들은 정병이다! 이곳에서 계속 눌어붙어 있다간 곧 창병과 도수병이 달라붙어서 삼면에서 합공당한다. 그러면 네놈의 보법이 아무리 신묘해도 성한 몸으로 산을 내려가진 못할 게다.]

[협박이십니까?]

[맞아.]

엽자건이 씨익 이를 드러내 보이곤 다시 천살지기를 끌어냈다.

여태까지 놀았던 건 오히려 그다.

최초 후위를 맡고 있던 천인대를 혼자 괴멸시킬 때와 달리 원월진무도를 이용해 적당히 시간을 끌고 있었다. 치밀하게 계획한 양동 작전을 성공시키기 위해 자신과 풍자조 쪽으로 적의 주력 중 상당수를 잡아둘 필요가 있었기 때문이다.

물론 그리 오래가진 못하리라 봤다.

직접 상대해 본 황천기의 정병은 굉장히 강했다.

꽤나 많은 전장을 전전하며 만났던 잡병이나 왜구들과는 비교조차 할 수 없을 정도였다. 개개인은 그리 강하지 않으나 병진을 이뤄 공격해 오는 기세와 엄격한 군율은 평생 처음 보는 바였다.

경험상 이런 적과의 전투는 오래 시간을 끌면 안 된다. 조그만 실수로 전세가 뒤집힐뿐더러 아군의 피해가 기하급수적으로 증가하는 까닭이었다.

'그러니 시간을 끄는 건 여기까지다. 이제 전력을 다해 치고 올라간다. 그래서 삼천가량만 이쪽에 잡아두게 되면 이번 양동 작전은 성공이다.'

내심 빠르게 염두를 굴린 엽자건의 손에 들린 쌍검이 무지막지한 검기를 발산해 냈다.

여전히 반월형의 검기들!

하지만 숫자가 다르다. 수십 개가 아니라 수백 개로 늘어나 있다. 고양시킨 천살지기와 함께 전신의 내공을 모조리 끌어다가 폭발시킨 결과물이었다.

"돌격!"

다시 피의 폭풍을 만들며 엽자건이 막 합류한 풍자조에게 명령했다.

진형은 여전히 쌍첨진!

그러나 숫자와 기세는 여태까지와 완전히 달라졌다. 여전히 압도적인 병력 차를 자랑하는 황천기의 천인대를 원추형으로 뚫고 올라가기 시작한 것이다.

*　　　*　　　*

슥! 스스슥!

황천기주를 떠났던 천풍십사가 돌아왔다. 떠날 때와 같이 산야를 날아다니는 바람이나 다름없는 신법이었다. 그리고 곧바로 보고가 이어진다.

"서북쪽에서 갑자기 오백 명가량에 이르는 무리가 모습을 드러냈습니다. 선두에 선 자가 소림사의 나한당 수좌인 항마불장 종경인 걸로 보입니다."

"소림사 인근의 절벽에서도 삼백이 넘는 병력이 모습을 드러냈습니다. 놀랍게도 맨몸으로 절벽을 기어오른 것 같습니다."

"절벽을 기어오른 자들은 모두 젊은 층입니다. 근래 강남에서 명성을 드높이고 있다 알려진 신무림맹 산하의 천룡영웅대가 아닌가 사료됩니다."

"숭산의 삼십 리 밖에 대군이 모습을 드러냈습니다. 족히 일만이 넘는 숫자로 보인다는 척후의 보고가 있었습니다."

묵묵히 보고를 듣고 있던 황천기주의 안색이 대변했다. 갑자기 그의 예상을 뛰어넘는 내용 하나가 끼어들었기 때문이다.

"낙양의 병력이더냐?"

천풍십사 중 오사(五邪)가 신중한 표정이 되었다.

"하남성 일대에서 낙양 외에 현재 이만한 병력을 보유하고 있는 장소는 없습니다."

"그렇다면 낙양의 방비를 포기했다는 뜻이 아니더냐?"

"그렇습니다."

"말도 안 되는!"

황천기주가 어처구니없었다는 듯 고개를 가로저었다. 낙양성을 버리고 숭산으로 전군을 몰아오는 자의 정신 상태를 쉽사리 납득할 수 없었기 때문이다.

그렇다 해도 이건 쉽게 넘어갈 문제가 아니었다.

잡병이라 해도 일만이 넘는 대병은 결코 등한시할 수 없었다. 처음의 예상대로 단숨에 소림사를 점령하지 못하게 된 현상황에선 더욱 그러했다.

'오백과 삼백. 소림사 본진의 병력과 합류한다 해도 신경 쓰일 정도는 아니다. 이미 방어진세가 무너진 상황이니까. 하지만 이렇게까지 상황을 꼬이게 만든 자의 역량이 신경 쓰이는구나. 무공 역시 예상 밖으로 대단한 듯싶고 말야.'

소림사 점령 계획을 무력화시킨 원흉!

엽자건이란 존재를 다시 머릿속에 떠올린 황천기주가 갑자기 화제를 바꿨다.

"천기마야와 배교 사념술사들의 행방은 여전히 찾지 못한 것이냐?"

일사(一邪)가 난처한 표정으로 얼른 허리를 접어 보였다. 뒤이어 흘러나온 보고 역시 비슷하다.

"소림사의 일차 방어진이 무너진 후 정말 감쪽같이 사라졌습니다. 특히 천기마야 같은 경우는 아예 종적조차 남기지 않아서 추격의 실마리를 얻을 수 없었습니다. 어쩌면……."

"함정은 아니다! 아직 천기마야는 후금의 전 세력과 척을 지고 싶진 않을 테니까."

'하지만 그 너구리 같은 작자는 그렇다 치고 사념술사들이 모습을 감춘 건 쉽사리 넘어갈 일은 아니다. 나 못지않게 소림사에서 무상지도의 파편을 얻고 싶어했던 자이니…….'

일사에게 한 말과는 다르다.

내심 신중하게 염두를 굴린 황천기주가 후금 제일의 전략가답게 빠른 결단을 내렸다.

"일사! 지금부터 너는 나머지 천풍십사와 함께 소림사 점령에 주력하도록 한다! 전군의 총력을 기울여 한 시진이 지나기 전에 끝내도록 해라!"

"존명! 그럼 주인께서는……."

"나는 오랜만에 몸을 좀 풀어볼까 한다. 역시 한 시진 이내에 끝낼 테니까 걱정할 필요는 없다."

'놀라운 일이로구나! 주인께서 저런 애송이한테 직접 손을 쓰고자 하시다니!'

일사가 황천기주의 의중을 눈치채곤 내심 크게 놀란 표정이 되었다.

그의 심복이 된 지 어언 십여 년이다.

천하를 정복하여 스스로 황제의 자리에 오르고자 하는 야심가인 그의 이런 모습은 꽤나 낯설었다. 언제나 여유 넘치고 자신만만한 모습만이 기억에 남아 있지 않았던가.

그때 상황이 다시 급변했다. 주변에 대한 경계를 풀지 않고 있던 십사(十邪)가 빠른 걸음으로 다가와 보고를 올린 것과 동시의 일이다.

"군세의 후위 부대가 맹렬한 기세로 돌파되고 있습니다!"

"안다."

황천기주가 짤막한 대답과 함께 눈살을 살짝 찌푸려 보였다. 예상보다 월등히 빠른 속도로 돌파가 이뤄지고 있다는 판단 때문이다.

'그렇다는 건 설마 지금까지 진짜 전력을 숨기고 있었다는 것인가? 내 정예 병력을 앞에 두고서!'

아주 불쾌한 예상이다.

하지만 아예 경험이 없던 바도 아니다.

전날 후금의 중심 지역을 홀로 난도질하며 돌아다녔던 곤왕 유대유가 있었다. 그에게 팔기군의 정예 병력은 아주 끔찍한 꼴을 당해야만 했고.

번뜩!

황천기주의 두 눈에 안광이 담겼다. 천기마야의 귀안이나 불가의 심안에 견줄 만한 안공으로 엽자건과 그가 이끄는 풍자조를 좀 더 자세히 살피려 한 것이다.

*   *   *

쉬악!

엽자건의 주변을 날아다니고 있는 쌍검.

일시적으로 천간검과 묵검을 원월진무도상의 기법으로 조종하느라 맨손이 된 그의 신형이 기쾌하게 움직였다.

탁! 퍽!

텅 빈 그의 가슴을 노리며 쑤욱 앞으로 튀어나온 장창!

어느새 공수탈검의 수법으로 빼앗아 들어 반대편에서 파고들던 창병의 가슴에 쑤셔 넣는다.

허리로 파고들던 대도 역시 마찬가지다.

발끝으로 차서 무릎을 박살 내고 손가락을 튕겨 대도의 기세를 돌려낸다.

탁! 퍽!

그다음은 역시 동일하다.

간단히 빼앗아 든 대도가 도수부의 머리를 두 쪽 냈고, 다른 손은 이미 시체가 된 자의 몸에서 장창을 빼앗아 들고 있다. 애초부터 그리 약속되었던 것처럼 기계적으로 깔끔한 동작이다. 예외는 없다.

당연히 엽자건의 머리 위를 맴도는 쌍검 역시 그냥 놀고만 있진 않는다.

근래 완성된 원월진무도의 무리(武理).

이기어검이나 심검과 그다지 큰 차이가 없다. 자연스레 엽자건의 곁으로 떠돌며 벼락같은 검세를 쏟아내고 있었다. 마치 두 명의 늠름한 호위무사가 생긴 것이나 다름없다.

단 일초식!

어느 누구도 막아내지 못한다.

그냥 엽자건이 치고 나갈 때마다 쭈욱 쭉 뒤로 밀려날 뿐이다. 사람으로선 감당키 어려운 천살지기에 강하게 맞서던 강병들조차 어쩔 수 없었다. 압도적으로 차이 나는 무력 앞에 계속 버틸 수 없었기 때문이다.

결국 천천히 무너지기 시작한 방진!

싱긋!

엽자건의 입가에 문득 미소가 매달렸다. 지금 이 순간이야 말로 그가 꽤 오래전부터 기다리고 있던 때였다.

파곽!

푸파파파곽!

다시 적수공권을 휘둘러 두 개의 창을 빼앗아 든 엽자건이 무자비한 혈풍을 일으키며 바람같이 치고 나갔다. 이번 기회에 아예 방진 자체를 관통해 버릴 작정을 한 것이다.

그에 따라 더욱 기세가 오른 풍자조!

어느새 쌍첨진에서 원추형의 직진 형태로 바뀐 진세를 따라 마구 내달린다. 결연하게 버티고 있던, 방진의 무너지기 시작한 틈새를 향해 최후의 일격을 찔러대기 시작했다. 그리고 잠시 더 시간이 지났을 때였다.

기어이 방진의 돌파를 끝낸 엽자건의 사자후가 주변으로 쩌렁쩌렁 울려 퍼졌다.

"소림사의 본진이 바로 코앞이다! 양동 작전이 성공했으니, 모두 다시 쌍첨진의 형태로 적의 후위를 박살 낸다!"

'으윽, 또 적이 있다고?'

'드디어 본진과 합류하게 되었구나! 그럼 포위섬멸전에 들어가는 건가?'

여전히 엽자건의 뒤를 따르고 있던 송지하와 환월이 각기 눈을 빛냈다.

최후 방진의 돌파!

이제야 비로소 소림사의 산문 앞에 집결한 채 결사의 싸움을 벌이고 있는 본진과 합류할 수 있게 되었다. 전초전의 끝, 본 싸움의 시작이었다.

第九十三章

병법무적(兵法無敵)

少林
棍王
소림곤왕

병법을 아는 자는
지엽적인 승패에 결코 연연치 않으며,
전장에서의 판단이 아주 빠르다

"자건!"

호랑이와 같은 기세로 소림 속가군을 이끌고 있는 종경의
가사는 이미 피투성이였다.

어깨와 허벅지!

세 발이나 되는 화살이 박혀 있다.

금강불괴체신공을 연마한 강철같은 몸이나 대병력을 상대
하며 누적된 피로는 어쩔 수 없었다. 강기막을 뚫고 들어오는
강궁이 몇 발이나 되었다.

당연히 그만큼 그의 주변에는 시체가 산처럼 쌓여 있었다.

상대적으로 무공이 떨어지는 소림 속가군을 이끌고 얼마

병법무적(兵法無敵) 103

만큼 용전분투했는지를 알 수 있게 하는 모습이다.

"엽 대주!"

반대편에 있는 유백온 또한 상황은 크게 다르지 않았다.

무당파의 비전인 태극혜검을 살검처럼 휘두르는 그의 몸 역시 여기저기 상처로 가득했다. 내공을 운집해 피가 흘러내리는 걸 막고는 있으나 단지 그뿐이었다.

연신 몰려드는 강력한 장창과 대도의 조합. 중간중간 날아드는 강궁의 위협. 정교한 톱니바퀴처럼 돌아가는 차륜진의 원활한 움직임까지.

유백온이 이끌고 있는 천룡영웅대를 괴롭히는 요소는 매우 많았다. 나름 실전에 익숙해져 있다고 생각했던 그들을 아주 심각할 만큼 괴롭히고 있었다.

그래도 천룡영웅대에는 과거보다 월등히 무공이 높아진 남궁수가 있었고, 팽도진과 이가흔 역시 전력에 큰 보탬이 되었다. 특기인 안행진을 효과적으로 운용하며 그들은 점차 황천기의 대부대를 압박해 가고 있었다.

그 같은 때에 모습을 드러낸 게 엽자건과 풍자조였다.

천공에서 떨어져 내린 한줄기 벼락과도 같이 싸움터에 등장한 엽자건은 단숨에 자신의 진가를 확인시켰다.

적에게서 빼앗아 든 장창과 공중에 띄워놓고 있던 쌍검을 폭풍처럼 휘둘러서 황천기의 진세 한켠을 크게 흔들어놓았다. 꽤나 지쳐 있는 상황에서도 화끈하게 피바람을 일으켜 냈다.

그것만으로 끝일 리 없다.

슉!

재빨리 지축을 찍으며 신형을 공중으로 띄운 그가 산문 앞에서 결사의 항전을 벌이고 있는 소림사 본진을 향해 우렁찬 사자후를 터뜨렸다.

"사부, 천불천종미궁대진의 사상(四象)이 완성되었습니다! 건곤을 뒤바꾸고 사상을 조합시켜 생문과 휴문을 모조리 사문으로 바꾸어놓겠습니다!"

'천불천종대진의 사상이 완성되었다?'

'건곤을 뒤바꾸고 사상을 조합시켜?'

'생문? 휴문? 사문?'

느닷없이 뇌리 속 깊숙이 틀어와 박힌 엽자건의 사자후에 일순 전장이 요동쳤다.

뭔가 있어 보이는 소리다.

완벽한 난전이나 다름없던 전장에서 군을 움직이는 요직에 있는 자라면 마음이 흔들리지 않을 수 없다.

특히 황천기의 요직에 올라 있던 장수들이 그러했다. 자칫 승전에 가깝던 난전이 패전으로 뒤바뀌어 버릴 수 있다는 판단이 든 까닭이다.

마음속의 혼란!

금성철벽과 다름없던 황천기 정예의 진세에 균열을 일으킨다.

"허허!"

여전히 금강승의 호위 속에 사인거에 앉아 전국을 주관하고 있던 보종은 나직이 웃음을 터뜨렸다.

엽자건이 사자후로 지껄인 말.

과거 전장을 함께 돌아다닐 때 몇 차례나 경험한 바 있던 상황 중 하나다. 그리 획기적인 것도 아니다. 어차피 지금과 같은 난전을 확실하게 뒤바꿔놓을 방법이란 건 그리 많지 않기 때문이다.

'그래도 그 같은 상황을 적들이 알 리 없을 터! 지금이야말로 잘 키운 제자를 믿고 도박을 걸어볼 때일 것이다!'

내심 결정을 내린 보종이 바짝 붙어서 있던 금강승의 수좌 보심을 손짓해 빠르게 명령 내렸다.

"사제, 장문인께 금강승들의 사대금강진 여섯을 중심으로 포진하고, 백팔나한대진과 십팔나한진 열로 균형을 맞추도록 전하시게나. 장생전의 고승들께서는 일제히 항마범창(降魔梵唱)을 터뜨려서 적들의 정신을 혼란시키는 데 주력하시게 하고."

"예."

보심이 얼른 허리를 숙여 보이곤 전방에 직접 나서서 싸움을 독려하고 있는 종아 선사를 향해 신형을 날렸다.

그 역시 엽자건의 사자후를 들은 터였다.

그 후 보종이 내린 명령에 정신을 바짝 차리지 않을 수 없다. 드디어 교착 상태에 빠져 있던 전황에 새로운 돌파구가 열리기 시작했다는 생각이 든 까닭이다.

이어 보종이 다른 금강승들을 불러 각기 다른 명령을 전달했다. 곧 중앙 돌파를 시도할 엽자건의 부담을 조금이나마 덜어주기 위함이었다.

슉!

하늘에서 떨어져 내린 엽자건이 후위에 바짝 붙어선 목진풍과 풍자조를 향해 명령했다.

"쌍첨진을 다시 직진으로 바꾸고 중앙 돌파다!"

목진풍이 얼른 말을 받았다.

"쌍첨진을 다시 직진으로 바꾸고 중앙 돌파다! 제기랄, 또 그런 짓을 해야 하는 거다!"

엽자건이 차가운 시선을 던졌다.

"뒤에 투덜거림은 빼고!"

"예, 뒤에 투덜거림은 빼겠습다!"

"그럼, 간다!"

"으헤엑!"

엽자건이 다시 앞으로 달리기 시작하자 목진풍이 비명에 가까운 신음성을 터뜨렸다.

눈앞에 모여 있는 황천기의 본진!

여태까지와는 아예 숫자 자체가 다르다.

비록 사방에서 에워싸긴 했으나 간에 기별도 가지 않았다. 그래 봤자 여전히 몇 배나 되는 숫자의 열세를 뛰어넘을 방도가 없었기 때문이다.

그래도 가야만 했다. 저 앞에 형님이자 대장이자 주군인 엽자건이 달려가고 있으니까.

'엽 대형, 그래도 뭔가 심오한 말을 내뱉었으니까 방도가 있을 거야! 암, 그렇고말고! 그렇겠지? 그럴 거야!'

내심 고심에 찬 소리를 내뱉으면서 목진풍이 풍자조를 이끌고 엽자건의 뒤를 따랐다.

여태까지와 똑같다.

전혀 달라진 건 없었다. 적의 숫자가 몇 배나 늘어났다는 걸 제외하면.

＊　　　＊　　　＊

꿈틀!

황천기주의 미간 사이가 급격히 좁아졌다.

눈에 담긴 안광 역시 잦아들었다. 엽자건과 그가 이끄는 소수의 병력이 중앙 돌파에 성공해 소림사 본진과 합류한 것과 동시에 벌어진 일이었다.

'동북아를 휩쓸었던 내 정병을 저렇게까지 유린할 수 있다니! 저 녀석의 무위와 용병술은 이미 곤왕 유대유와 비교해도

못하지 않구나!'

조금 늦은 자각이었다.

어느새 그의 정병인 황천기가 주도하던 전황은 급격한 변화를 보이고 있었다. 엽자건에게 중앙 돌파를 허용한 후 완전 무결에 가깝던 방어진이 무너지며 네 방위에서 강한 압박을 당하기 시작한 까닭이다.

그 상황에서 소림사 본진의 움직임은 더욱 기가 막혔다.

마치 이러한 중앙 돌파를 예측이라도 한 것처럼 수동적인 방어진을 공격 진형으로 재편했다. 소림사 내에서도 최강이라 할 수 있는 고수들을 중심으로 중앙 돌파의 측면 지원 효과를 극대화시킨 것이다.

사부와 제자.

아주 완벽한 어우러짐이었다.

하지만 황천기주를 고민하게 만든 건 단지 눈앞의 불리해진 전황 때문만은 아니었다.

여전히 행방불명 중인 천기마야와 사념술사들.

숭산 부근으로 빠르게 진군 중인 낙양성의 수비 병력들.

이 모두가 소림사에서 무상지도의 파편을 회수한 후 강북 무림을 박살 내려던 그의 계획을 완전히 벗어나 있었다. 자칫 휘하 황천기의 정병 일만 명을 잃어버리는 치명적인 상황을 맞이할 수도 있게 된 것이다.

'게다가 떠올리는 것조차 불쾌하지만 천기마야는 만만찮

은 자이다. 그가 이번 기회에 내 세력을 약화시키려 함정을 판 것이란 가능성을 완전히 배제할 수는 없을 것이다.'

병법무적(兵法無敵)이라 했다.

병법을 아는 자는 지엽적인 승패에 결코 연연치 않으며, 전장에서의 판단이 아주 빠르기 때문이다.

"활을 다오!"

"예!"

일사가 황천기주의 명에 얼른 등에 짊어지고 있던 각궁을 내밀었다.

패천궁(覇天弓)!

후금을 비롯한 동북아 국가나 민족들이 자랑하는 물소 뿔로 된 강궁의 위력은 강철판조차 뚫는다고 알려졌다.

더군다나 황천기주가 사용하는 패천궁은 보통의 크기가 아니다.

족히 일반 각궁의 세 배가 넘어 보인다.

당연히 거기에 재어진 화살 역시 일반적이지 못한 건 마찬가지다.

세모꼴로 갈라진 기다란 강철 촉. 일반 화살의 한 배 반이 넘는 길이.

전체가 만년한철로 된 이 패천궁 전용의 화살은 능히 절대고수의 강기막조차 꿰뚫는다. 제대로 타격하기만 하면 신조차 죽일 수 있는 것이다.

게다가 사정거리 역시 월등하다.

일반 각궁보다 다섯 배가 넘는 거리까지를 아우른다. 정확히만 겨냥된다면 일반인의 시력이 결코 닿지 않는 범위 밖에서도 능히 목표물을 타격할 수 있다는 뜻이다.

지금 황천기주가 하려는 일 역시 비슷했다.

그는 패천궁의 시위에 활을 메기고는 다시 눈에 예의 안광을 깃들였다.

목표물?

방금 전 말도 안 되는 중앙 돌파를 성공시킨 엽자건인 게 뻔하다.

'내 패천궁으로 확인해 보리라! 진짜로 새로운 곤왕이 될 씨앗인지를!'

내심의 일갈과 함께다.

피잉!

거의 끊어질 듯 크게 휘어 있던 패천궁의 시위에 걸려 있던 패천시(覇天矢)가 커다란 원을 그리며 하늘로 날아올랐다.

＊　　　　＊　　　　＊

"우하핫!"

엽자건은 오랜만에 통쾌하게 대소를 터뜨렸다.

중앙 돌파를 성공한 것과 동시다.

뒤따르던 풍자조는 조금 사정이 다르다. 거의 인의 장벽을 치고 있던 황천기의 정병을 뚫고 오느라 그들은 아주 죽을 맞이었다. 성한 자가 한 명도 남아 있지 않았을 정도인데다 순식간에 합공을 들어오는 서슬에 피가 바짝바짝 마르는 상황이었다.

목진풍이 얼른 엽자건에게 다가갔다. 표정이 아주 비장하다.

"엽 대형, 이러다 거지 놈들 다 전멸당하게 생겼습니다요! 어떻게 다른 수를 좀 내시는 편이……."

"비켜!"

"…뭐?"

느닷없이 자신에게 직도를 날리며 파고드는 송지하의 서슬 퍼런 모습에 목진풍이 흠칫 놀란 표정이 되었다. 이런 곳에서 갑자기 칼날을 들이대는 게 이해가 가지 않는다.

'설마 이 기생오라비 같은 녀석이 복잡한 틈에 연적인 날 암살하려는 것인가?'

사매 이가혼에게 추파를 던지던 모습이 선하다.

전장으로 출발하는 상황이 아니었다면 일찌감치 목숨을 건 혈투를 벌였을 사이였다. 패해서 목숨을 잃는 쪽은 이미 정해진 것이나 다름없었지만 말이다.

물론 혼자만의 착각이었다. 말도 안 되는 일이었다.

순간적으로 목진풍의 곁을 스쳐 지나간 송지하가 여전히 상쾌하게 웃고 있던 엽자건에게 버럭 소리질렀다.

"사부, 하늘을 보십시오! 하늘!"

'하늘?'

엽자건의 시선이 자연스레 하늘을 향했다. 송지하의 목소리에 담긴 다급한 감정을 읽어낼 수 있었다.

그러나 조금 늦은 대응이었다.

패앵!

날카로운 파공성과 함께 엽자건의 신형이 전장의 중심을 이탈했다. 송지하와 목진풍의 시야에서 감쪽같이 자취를 감춰 버린 것이다.

"주인!"

최측근에서 날아드는 화살과 창칼을 막아내고 있던 환월의 입에서 뾰족한 비명이 터져 나왔다.

인자.

어떠한 상황에서도 감정의 동요를 최소화한다.

적어도 여태까지의 그녀는 그러했다.

단! 그건 주인인 엽자건의 생사와 관계없는 상황일 때의 이야기다. 그를 만난 후 단 한 번도 그 같은 상황을 만난 적이 없기에 유지할 수 있는 일이었다.

일순 환월의 신형이 붉은 나비로 화했다.

혈호접무!

그것만으로 끝일 리 없다.

소매 속에서 아껴뒀던 수라표 수백 개가 튀어나와 엽자건이 사라진 주변으로 몰려들던 병사들을 쓸어버렸다. 강철의 폭풍을 만들어낸 것이다.

"크악!"

"으악!"

"크아악!"

붉은 나비의 날갯짓이 도착하기도 전에 수십 명이나 되는 황천기 병사들이 비명을 터뜨렸다. 개중 대여섯 명은 이미 전장의 고혼으로 변한 상태다.

당연히 송지하와 목진풍 역시 놀고만 있진 않았다.

대경실색한 표정이 된 그들이 각자 직도와 청죽봉을 휘둘러 역시 빠르게 몰려들던 병사들을 물리쳤다. 중앙 돌파에 성공했다곤 하나, 여전히 중과부적(衆寡不敵) 상태다. 아군보다는 적의 숫자가 월등히 많았다.

그때 삼 인의 적극적인 대응으로 공동화된 장소에서 불쑥 엽자건이 모습을 드러냈다. 손에는 독특한 모양의 화살 하나가 쥐어져 있었다.

패왕시!

눈으로 좇기도 힘든 먼 곳에서 날아온 그 괴물 같은 화살을 엽자건은 손으로 낚아챘다. 금룡십이해였다.

문제는 하늘에서 떨어져 내리며 증폭된 가속도였다.

패왕시를 낚아챈 것과 동시, 엽자건은 땅바닥에 파묻혔다. 예상을 월등히 뛰어넘는 파괴력에 더해진 가속도를 쉬이 해소할 수 없었기 때문이다.

'제길, 쪽 다 팔았네!'

수중의 패왕시를 살피며 엽자건이 인상을 써 보였다.

대위기였다.

패왕시와 함께 바닥에 꼴아박힌 그는 일시적이나마 무방비 상태가 되었다. 함정에 빠진 야수처럼 벼락같이 달려든 병사들의 창칼에 난도질당할 뻔했다.

전장에서 종종 장수들이 당하는 어처구니없는 죽음!

늦지 않게 달려온 동료 덕분에 위기를 넘긴 엽자건의 눈빛은 날카롭게 가라앉아 있었다. 자신을 죽음으로 몰아넣을 뻔했던 패왕시의 주인을 찾기 위함이었다.

그러나 바로 그때다.

엽자건에게 중앙 돌파를 허용하고도 별다른 동요를 보이지 않던 황천기의 진중에 커다란 변화가 일어났다. 마치 미리 약속이라도 해놨던 것같이 말이다.

쇄액! 쇄쇄쇄쇄쇄쇄!

느닷없다는 말은 이럴 때 사용하는 것이리라!

갑자기 열 개나 되는 군집체로 나뉘어진 황천기의 정병들이 사방으로 화살을 날려댔다.

그냥이 아니다.

그들이 날린 화살은 촉끝에 불이 붙은 화전(火箭)이었다. 여태까지 이상하리만치 아끼고 있던 화공(火攻)을 아낌없이 사용하기 시작한 것이다. 마치 소림사를 점령하는 걸 포기하기라도 한 것처럼 말이다.

이유는 곧 밝혀졌다.

급작스런 전술의 변화에 당황한 소림사 진영을 농락이라도 하듯 열 개로 나뉜 황천기의 정병들이 포위진을 뚫고 탈출했다. 엽자건이 성공시킨 중앙 돌파 이후 자연히 각개격파에 나서고 있던 사방의 군세를 완전히 따돌려 버리고서였다.

물론 이러한 일이 발생한 가장 큰 원인은 병력의 절대적인 차이였다.

엽자건의 대활약으로 많이 줄었다곤 하나 소림사 진영보다 황천기의 정병은 족히 다섯 배가 넘는 대병이었다. 전격적인 화공과 함께 탈출에 나선 이상 부족한 병력으로 막아내기란 결코 쉽지 않은 일이었다.

정병!

퇴각전에서도 빛을 발한다.

"당했군!"

엽자건이 나직이 탄성을 터뜨렸다.

그가 패왕시에 암격을 당한 직후에 벌어진 퇴각전은 평생 처음 보는 바였다. 소름이 돋을 만큼 정확한 결단이고, 완벽한 전술이라 할 수 있었다.

당연히 기분이 썩 좋지 못했다.

호랑이란 본시 붙잡기는 쉬워도 놓아주긴 어렵다고 했다. 무서울 만큼 병법을 잘 아는 강적을 놓쳤으니, 아주 큰 후환을 남긴 것이나 다름없었다.

그래도 일단은 급한 불부터 꺼야 한다.

소림사의 경내를 중심으로 사방의 숲이 이미 불길로 뒤덮여 있었다. 자칫 천 년의 고찰이 화마에 몽땅 소실될지도 모르는 상황에 놓여 있는 것이다.

힐끔!

이미 분주하게 움직이기 시작한 소림사 승려들과 속가제자들을 한차례 살핀 엽자건이 버럭 소리질렀다. 어느새 자신의 곁으로 몰려든 천룡영웅대를 향해서였다.

"천룡영웅대, 전체 집결!"

천룡영웅대의 사 개 조가 조장을 중심으로 집결해 일제히 복명했다.

"용자조, 집결했습니다!"

"호자조, 집결했습니다!"

"풍자조, 집결했습니다!"

"운자조, 집결했습니다!"

하루 새에 하나같이 피칠갑을 하고 엉망인 꼴이 되었다. 숫자도 제법 많이 줄어들었고, 부상자가 멀쩡한 자보다 월등히 많았다. 그만큼 압도적인 숫자를 가진 황천기 정병과의 싸움은 힘들고 어려웠음이 분명하다.

잠시 천룡영웅대의 면면을 차분히 살펴본 엽자건이 간결하게 명령했다.

"지금부터 천룡영웅대 사 개 조는 소림사 승려들과 함께 화재 진화 작업에 들어간다! 내 사문이거든. 그러니까 잘 좀 부탁한다!"

"존명!"

"우아아, 명을 받들겠습니다!"

선임 조장이라 할 수 있는 유백온의 복명과 함께 나머지 천룡영웅대가 일제히 커다란 함성을 터뜨렸다. 엽자건이 한 마지막 말에 대해 확실한 답을 내놓은 것이다.

*　　　*　　　*

황천기주는 천천히 패천궁을 내려놓으며 눈매를 가늘게 만들어 보였다.

여태까지와 달리 그는 혼자 남겨져 있었다.

방금 전 특기로 삼던 패천칠홍시(覇天七虹矢)가 실패한 것과 동시에 휘하의 천풍십사를 떠나보낸 까닭이다.

목적은 자명하다.

비전의 십방폭화전법(十方爆火戰法)에 따라 퇴각전을 감행한 황천기를 원활하게 합류시키기 위함이었다. 단시간 내에 소림사를 함락시키길 포기하고서 말이다.

계륵(鷄肋)!

병법가의 입장에서 바라본 소림사였다.

이제 숭산 근방까지 대군이 다가온 상황에서 빠른 용단을 내려야 함은 물론이었다. 결코 시간을 끌어선 곤란했다. 적어도 동북아의 수많은 전장을 넘나들었던 입장에서 내린 결론은 그러했다.

'분명 그렇기는 한데… 무인으로서의 내 가슴은 용암처럼 끓어오르고 있구나!'

황천기주는 내심 고개를 가로저었다.

과거 이와 같은 심사를 경험한 바 있었다.

바로 곤왕 유대유에게 쫓겨서 수백 리를 도주할 때였다.

병법가로서 그는 당시 유대유의 후금 침투를 황천기의 정치적인 이득과 다른 팔기군의 약화를 위해 이용했다. 그리고 지금도 그때의 판단이 틀렸다곤 생각지 않았다.

하지만 그는 병법가이기 이전에 한 사람의 무인이었다. 그것도 천하를 오시할 만큼 뛰어난 무위를 완성한 자였다.

차가운 이성과 뜨거운 감성!

호승심이란 이름 속에 감춰졌던 유대유에 대한 분노와 동일한 감정을 오늘 그는 다시 느끼고 있었다. 이런 사태가 벌어지게 만든 천기마야에 대한 살의(殺意)와 동시에.

콰득!

문득 황천기주의 손에 들려 있던 패천궁이 박살 났다. 단지 손아귀 힘만으로 신병(神兵)에 속하는 물건을 그리 만들었다.

"오늘의 용전분투를 잊지 않으마!"

무심한 한마디와 함께 황천기주가 신형을 돌려세웠다. 그 역시 퇴각전의 한 축이 된 것이다.

*　　　*　　　*

빠르게 하루가 지나갔다.

천 년의 고찰인 소림사 일대를 에워싸고 있던 수림의 상당수를 불태우고서야 불길은 맹위를 수그러뜨렸다.

덕분이랄까?

수백이 족히 넘는 소림사의 승려들과 천룡영웅대는 하나같이 기진맥진한 상태가 되었다.

동북아 최강이라 해도 과언이 아닌 황천기의 일만 정병과 벌인 생사의 대결전 이후 곧바로 산불 진화에 나섰다. 비록 절정 이상의 고수 급만 백여 명이나 되는 인원이 동시에 나섰으나 결코 쉽지 않은 작업이었다. 대부분 부상자들인데다 산불의 특성상 이리저리 부는 바람에 불씨들이 사방팔방으로 날아다니며 불기운을 뿌려댔기 때문이다.

그래도 밤이 지나고 새벽이 밝아올 무렵이 되자 불기운이 슬슬 누그러들기 시작했다. 천 년의 고찰인 소림사가 역사상 최악의 위기를 넘기게 된 것이다.

털썩!

불탄 자국이 여실한 흙바닥에 아무렇게나 주저앉은 엽자건의 꼴은 말이 아니었다.

얼굴은 흙투성이.

상반신의 거진 절반가량이 검붉은 핏물로 더럽혀져 있었다. 함께 싸웠던 사람들과 비교해 결코 나을 것이 없는 모습.

그럴 수밖에 없다.

그는 항상 최전선에 있었다. 피투성이 싸움을 조금도 피하지 않고 온몸으로 받아들였다. 깨끗한 상태를 계속 유지한다는 게 오히려 이상할 터였다.

산불의 진화 작업 때도 마찬가지다.

그는 불을 끄기 위해 열심히 동분서주했고, 내력의 고갈 역시 극심했다. 이미 절대지경에 올라 끊임없이 내력을 사용할 수 있는 몸이 되었는데도 그리되었다. 지나치게 과도한 사용으로 인해 일시적인 내공의 허탈 상태가 되어버린 것이다.

물론 잠시뿐이었다.

바닥에 앉아 호흡을 가다듬자 곧 서서히 고갈되었던 내력이 회복되기 시작했다. 마치 말라붙었던 샘에서 물이 다시 솟구치는 것이나 다름없었다.

'사부님은 무사하신지 모르겠구만. 그 노친네, 기력도 예전 같지 않은데 너무 심력을 많이 소모했어……'

사부 보종을 떠올리는 엽자건의 안색이 어둡다.

가까스로 황천기 정병의 맹공 속에서 소림사를 방어해 낸 보종은 곧바로 의식을 잃어버렸다.

이미 무공이 전폐된 그였다.

지난 수개월간 침식조차 잊고서 끔찍할 만큼 강한 황천기의 정병을 방어해 냈으니, 몸이 성할 턱이 없었다. 건강이 극도로 나빠져서 근래엔 거의 정신력과 소림사 비전의 소환단의 약효로 버티고 있었다고 한다.

그래도 현재 혼절한 그를 챙기고 있는 건 소림사 최고의 고수들이라 할 수 있는 장생전의 고승들이었다. 그들이 일제히 운기요상하겠다고 달려들었으니 당장은 큰 문제가 없을 터였다. 반드시 그래야만 하고.

그때 이런저런 생각 속에 상처 부위를 매만지고 있던 엽자건의 배후로 흐릿한 그림자 하나가 다가들었다. 진화 작업에 바빠 줄곧 그의 곁에 다가오지 못하던 남궁수였다.

"부상을 당하셨습니까?"

"별거 아니오."

"제게 전장에서 별거 아닌 부상은 없다고 하셨습니다."

"정말 이건……."

엽자건이 중간에 말을 멈췄다. 어느새 그의 앞으로 다가온 남궁수가 쪼그려 앉았기 때문이다. 자연스레 두 사람은 마주보는 상태가 되었고.

'그런 자세로 앉으면 치마 안이 보이는데……'

엽자건의 속내를 아는지 모르는지 남궁수는 손을 뻗어 엽자건의 상처 부위를 살폈다. 근처를 긁고 있던 엽자건의 손을 강하게 밀어내고서였다.

왼쪽 어깨!

마령귀사의 암도에 찔린 부위는 어느새 거무스름한 빛을 띤 채 갈라져 있었다.

금강불괴나 다름없던 몸이다.

중간에 진기를 움직여 봉맥까지 한 터라 피는 더 이상 흘러나오지 않고 있었다. 암도에 묻혀져 있던 저주독 역시 자연스레 몸 밖으로 배출되었으니, 이대로 그냥 놔둔다 해도 큰 탈은 없을 터였다.

그러나 남궁수의 생각은 달랐다.

평상시의 냉정한 검객이 아닌 그녀의 여심은 일순 가벼운 흔들림을 보였다. 엽자건의 어깨를 찌른 암도가 흡사 자신의 심장 어름을 찌른 듯 아파왔다.

'상처 부위가 검다는 건 썩기 시작했다는 뜻! 그냥 놔둬선 안 된다!'

내심 생각을 정리한 남궁수가 대뜸 상처 부위에 화편 같은 입술을 가져다 댔다. 자신의 혀로 핥아서 검은 기운을 깨끗이 씻어내기 위함이었다.

"으혁!"

"잠시만 참으십시오! 상처가 중하니 깨끗이 한 연후에 치료하고 싸매야 합니다!"

"……."

엽자건의 얼굴이 미묘한 감정을 드러냈다.

지금 남궁수가 하고 있는 행동은 상처를 치료하는 데 그다지 도움이 되지 않는다. 그냥 놔둬도 나을 상처를 굳이 혀로 깨끗이 닦아낼 필요는 없었기 때문이다.

그러나 어째서 그녀의 이 어리석은 행동이 이토록 아름답게 느껴지는 것일까?

엽자건은 잠시 넋을 잃었다.

처음 봤을 때부터 꽃보다 아름다웠던 남궁수가 자신에게 헌신하는 모습에 자신도 모르게 감동했다. 이는 첫사랑이었던 감요진에게조차 경험한 바 없는 파랑이었다. 곧 격랑으로 변할지도 모를 일이다.

그사이 엽자건의 상처 부위를 혀로 깨끗이 닦아낸 남궁수가 품속에서 작은 호리병과 한 뭉치의 흰 천을 끄집어냈다. 그녀가 예비용으로 가져온 금창약과 백의 무복을 잘라서 만든 붕대였다.

"다행히 피는 멎은 것 같습니다. 그래도 혹시 모르니 본 가의 금창약을 사용한 후 붕대로 싸매겠습니다."

"부, 부탁하겠소."

"예, 최선을 다하겠습니다."

저도 모르게 말을 더듬는 엽자건의 태도에 용기를 얻은 남궁수가 맑은 옥용을 가볍게 상기시킨 후 치료를 계속했다.

처음으로 진검을 손에 쥐었을 때가 이러할까?

여전히 흉측하게 갈라져 있는 엽자건의 상처에 금창약을 바르고 조심스레 붕대를 감싸는 그녀의 손길이 줄곧 미세한 떨림을 보였다. 마치 마음속 깊숙한 곳에서 작은 폭풍이라도 만난 듯싶다.

'침착하자! 침착하자! 아…….'

내심 스스로를 타이르며 마지막 처치까지 끝내가던 남궁수의 눈이 가벼운 흔들림을 보였다. 어렵사리 붕대의 매듭을 지어 보인 그녀의 손목을 거머쥐는 엽자건의 묵직한 손길이 원인이었다.

"저기, 손목을……."

"미안하오. 하지만 잠시만 이대로 있어줄 수 없겠소?"

"…저는, 괜찮습니다."

"고맙소."

엽자건의 입가에 문득 부드러운 미소가 떠올랐다. 황천기의 정병과 싸우는 동안 잔뜩 고양시켰던 천살지기 따윈 이미 흔적조차 남아 있지 않다.

남궁수의 아름다운 헌신!

한 사내의 마음을 흔들어놨다. 어떤 천인공노(天人共怒)할 마인이라 해도 돌아앉게 만들 만큼의 위력이 담겨 있었다.

"지랄들 한다!"

풍자조를 떠나 홀로 있는 엽자건을 향해 발걸음을 옮기던 이가흔의 붉은 입술이 비죽 튀어나왔다.

엽자건에 대한 마음.

이미 예전과 같지 않다. 조금쯤 퇴색되었다고 할 수 있었다.

몸이 멀어지면 마음 또한 그런 법!

엽자건이 떠난 천룡영웅대에서 이가흔은 점차 그의 자취를 지워가는 법을 배웠다.

그럴 수밖에 없었다.

그런 식으로라도 뜨겁게 달아올랐던 마음을 다스리지 않으면 계속되는 전투 속에서 견뎌내지 못할 터였다. 마음의 한군데가 부서지고 망가져 버릴 터였다.

그래도 다시 만난 엽자건은 여전히 멋있었다.

차갑게 식어버렸다고 생각했던 심장이 다시 두근거리며 뛰기 시작했다. 퇴색되어졌던 감정 역시 슬슬 다시 머리를 치켜들고 있었다.

그리 오래가진 못했다. 그럴 수가 없었다.

지금 눈앞에서 볼 수 있듯, 엽자건의 곁에는 어느새 남궁수가 자리 잡고 있었다. 절대 뛰어넘을 수 없을 것 같은 존재가 철벽과도 같이 존재하는 것이다.

'망할, 내가 미친년이지! 백의검후와 한 남자를 두고 싸워

보려 했으니…….'

내심 고개를 가로저은 이가흔이 무의식적으로 잘록한 허리춤에 매달린 호리병에 손을 뻗다가 눈꼬리를 살짝 치켜올렸다. 소림사로 향하기 전 술이 떨어진 걸 깨달았기 때문이다.

근래 보기 드물게 엿 같아진 상황!

짜증 어린 표정으로 신형을 돌려세우던 이가흔의 눈에 이채가 어렸다. 저만치 먼 곳에 언제나처럼 사형 목진풍이 서성거리고 있는 모습이 보였다. 정말 주변머리가 없어도 이리 없는 사람은 보다 보다 처음 본다.

"이리 와봐요!"

"나?"

"거기 목 사형 빼고 누구 다른 사람 있어요?"

"……."

목진풍이 빠르게 주변을 둘러봤다. 엽자건의 도움으로 초절정 급에 가까운 내공을 얻었으나 여전히 행동은 어수룩하기 이를 데 없다.

'아이구, 저 웬수를 어째!'

내심 한탄을 터뜨린 이가흔이 뺵 하고 소리질렀다.

"당장 안 튀어와욧!"

"가, 갈게! 내 갈게!"

목진풍이 그제야 말을 더듬으며 이가흔에게 달려왔다. 싸움터에서 청죽봉을 휘두를 때보다 취팔선보가 족히 두 배는 빠른 듯 보인다.

그런 그에게 이가흔이 불쑥 손을 내밀었다.

"술 있으면 좀 줘봐요!"

"어, 없는데……."

"콱!"

이가흔이 주먹을 쥐어서 들어 올리자 목진풍이 고개를 자라처럼 쏙 집어넣었다. 그리고 이미 그의 두 손은 허리춤에 매달려 있던 호리병을 공손히 받쳐 들고 있었다. 아주 자동이다.

탁!

잽싸게 호리병을 낚아챈 이가흔의 눈매가 살짝 반달 모양이 되었다. 제법 좋은 주향이 코끝을 자극해 온 까닭이다.

"여아홍인가요?"

"한 달 전에 우연찮게 구입해 놓은 거다."

"사형 취향은 아닌데?"

"그야……."

목진풍이 말끝을 흐리며 뒤통수를 벅벅 긁어댔다. 굳이 더 말하지 않아도 이유를 알 수 있게 하는 모습이다.

피식!

이가흔의 입꼬리가 살짝 올라갔다. 목진풍의 이런 면은 제법 마음에 든다.

"뭐, 이건 제가 잘 받아두도록 하죠."

"그, 그래."

"그런데 여긴 왜 또 달려온 거죠? 설마 제 뒤를 줄곧 밟았던 건 아닐 테죠?"

"그건 아니야!"

"아니다?"

이가흔의 눈매가 가늘어지는 걸 본 목진풍이 다시 고개를 쑥 집어넣고서 첨언했다.

"물론, 완전히 그런 의도가 없었던 건 아니고⋯⋯."

"그러니까 다른 이유도 있었다는 것이로군요?"

"그래, 엽 대형한테 물어볼 일이 있었거든."

"말해봐요."

"그건 곤란해. 군 비밀에 관한 거라서⋯⋯."

"호오!"

이가흔의 입꼬리가 더욱 크게 올라갔다. 목진풍이 한 말이 꽤나 마음에 들었기 때문이다.

그러나 그녀는 곧 인상을 굳히고 말았다.

어느새 자신들보다 먼저 엽자건을 찾은 방문객이 있었다. 그것도 남궁수에 버금갈 만한 미인이었다.

第九十四章

사제지정(師弟之情)

少林
棍王
소림곤왕

슥!

환월은 등장과 함께 바닥에 부복했다.

평상시와 달리 복면을 하지 않은 까닭에 그녀의 금발머리가 새벽 여명 속에 눈부신 광채를 자아냈다. 중원에서는 쉽시리 보기 드문 독특한 아름다움이었다.

문득 푸르고 맑은 가을 하늘을 연상시키는 눈동자를 한차례 깜빡여 보인 그녀가 입을 열었다.

"모든 건 주인의 예상대로였습니다."

'주인의 예상대로?'

여전히 엽자건의 곁에 있던 남궁수의 눈에 이채가 어렸다.

여태까지 엽자건을 비롯한 천룡영웅대는 소림사 부근의 산불을 진화하는 데 전력을 다하고 있었다. 혹시라도 화마를 일찍 제압하지 못할까 봐 다른 생각 같은 건 할 새도 없었다.

이런 점은 소림사의 승려들 역시 마찬가지다.

방어진을 책임지고 있던 보종이 의식을 잃은 후 장문인 종아 선사와 종경이 뒤를 맡았다. 어떻게든 소림사를 지켜내기 위해 그들 또한 최선을 다한 것이다.

그런데 그런 사이에 엽자건의 심중에는 다른 게 자리 잡고 있었다고 한다. 의혹과 더불어 궁금증을 느끼지 않을 수가 없다. 환월의 매력적인 외모에 눈길이 가는 것과는 별개로 말이다.

엽자건이 천천히 고개를 끄덕였다.

"역시 그렇게 나왔다는 거로군. 다른 일은 어찌 되었지?"

"여기!"

환월이 얼른 품속에서 중간 크기의 소태도를 꺼내 엽자건에게 내밀었다. 귀살인도의 당주 상징이자 마령귀사의 애병인 암도였다.

"고생이 많았다. 마령귀사는 강적이었을 텐데……."

"주인에게 이미 치명상을 당한 상황이었습니다. 제가 아니더라도 그리 오래 살지는 못했을 겁니다."

"그렇군."

엽자건이 다시 고개를 끄덕이곤 미묘한 표정을 지어 보였다.

새외칠마!

그중에서도 가장 큰 원한을 맺은 게 바로 살수왕 마령귀사였다.

그의 묵검에 묻혀진 암혈독 때문에 사부 보종은 한쪽 다리를 잘라야 했고, 끝내 무공마저 전폐되었다. 직접 목숨을 거두지 못한 것이 마음에 걸리지 않을 수 없었다.

아니다. 그렇지 않았다.

지금 엽자건이 신경 쓰이는 건 케케묵은 과거의 은원이 아니라 눈앞에 부복해 있는 환월이었다.

버려지고 제거당할 뻔했다고 하나 그녀는 본래 귀살인도에 속한 인자였다. 그것도 최상위 급에 속하는 특급이었다. 당주인 마령귀사의 목숨을 손수 거두게 한 건 잔인한 짓이었다는 자책감이 머릿속을 어지럽혔다.

'다시 생각해도 못할 짓을 시킨 거다. 소림사가 불타 버릴 위기만 아니었어도 이 녀석한테 그런 명령을 내리진 않았을 것을……'

내심 고개를 가로저은 엽자건이 환월이 내민 암도를 도로 거두게 하고, 등에 매봤던 묵검 역시 그녀에게 내줬다. 어차피 자신이 사용할 물건이 아니란 판단이었다.

"이 마물들은 이제부터 네가 관리하도록 해라. 하나같이 독한 놈들이니 조심해서 사용해야 할 거야."

"주인……."

"그렇게 쳐다볼 것 없어. 앞으로도 네게 부탁할 게 많아질 거란 의미니까."

"…그리 알고 받겠습니다."

환월이 언제 눈동자를 흔들었냐는 듯 정중하게 고개를 숙여 보였다.

암도묵검!

마병이기 이전에 귀살인도 당주의 상징이었다.

비록 마령귀사의 죽음과 함께 유명무실해졌다곤 하나 환월에겐 적지 않은 의미가 있었다. 엽자건이 생각했던 것, 훨씬 이상으로 그러했다.

그렇게 환월이 암도묵검을 챙겼을 때다.

여태까지 뒤에서 그녀의 보고가 끝나기를 기다리고 있던 목진풍이 빠른 걸음으로 다가들었다. 역시 목적은 엽자건이다.

슥!

목진풍이 군례와 함께 입을 열었다.

"엽 대형, 물어볼 게 있어서 찾아왔습니다. 이건 아주 중요한 거니까 반드시 대답해 주셔야만 합니다."

"말해."

"단둘이서만 말하고 싶습니다."

"단둘이?"

"예!"

목진풍의 단호한 대답과 동시였다. 저만치 뒤에 물러서 있던 이가흔이 바람같이 신형을 날려서 두 사람 사이에 끼어들었다.

"우와! 군의 비밀이로군요!"

"……"

손뼉을 치며 호들갑을 떤 이가흔이 현란한 보법으로 어느새 남궁수의 등 뒤로 돌아 들어갔다. 양손으로 그녀의 몸을 감싸안는데 미소가 참 해맑다. 엽자건과 남궁수의 좋은 시간이 끝난 것에 아주 큰 만족을 느끼고 있는 게 분명하다.

슥!

남궁수가 자연스레 이가흔에게서 몸을 빼냈다. 그냥 한차례 몸을 움직인 것만으로 그리할 수 있었다. 두 사람 사이의 무공 격차가 상당하다는 걸 한눈에 보여주는 모습이었다.

그래도 이가흔은 굴하지 않았다. 어차피 남궁수를 미모나 무공으로 이길 수 없다는 것쯤은 알고 있었기 때문이다.

"어머, 남궁 조장, 딴 데 가보려고요?"

"그럴까 합니다."

"함께 가요!"

"원하는 대로 하시죠."

남궁수가 성의없는 대답과 함께 엽자건에게 살짝 고개를 숙여 보였다. 이미 마음이 통한 터다. 잠시 헤어지는 것에 큰 의미를 부여할 필요는 없었다.

멀어져 가는 두 여인.

목을 빼고서 다소 멍청해진 표정으로 바라보는 목진풍에게 엽자건이 나직이 혀를 찼다.

"쯔쯧, 정말 한심하구만."

"엥? 그게 무슨……."

"여전히 이 부조장한테 질질 끌려 다니고 있으니 하는 말이다."

"그, 그거야 뭐 다른 사내한테만 관심을 보이니 내가 어찌해 볼 수 있는 일이 아니지 않습니까?"

"다른 사내?"

"엽 대형 말입니다! 엽 대형!"

"하하!"

엽자건이 어처구니없다는 듯 크게 웃어 보였다. 그리고 목진풍의 가슴에 확 불을 질러놓는다.

"이 부조장은 이미 날 포기한 지 오래야. 그걸 모른다면 정말 너는 앞으로도 구제불능인 것이고 말야."

"그게 정말입니까? 하지만……."

"됐고!"

얼른 자신에게 고개를 들이밀어 오는 목진풍을 엽자건이 손바닥을 펼쳐 밀어냈다. 얼굴에 가득하던 웃음기가 이미 씻은 듯 사라져 흔적조차 보이지 않았다.

"나한테 비밀리에 하려던 말이나 해봐. 어차피 개봉에서 개방의 주력 부대가 움직이기 시작했다는 거 정도일 테지만 말야."

"허억!"

목진풍의 입에서 숨넘어가는 소리가 터져 나왔다. 얼굴에 떠올라 있는 건 불신의 표정이다. 도대체 어떻게 엽자건이 자신조차 최근에 접수한 소식을 알고 있는지 이해할 수 없었기 때문이다.

엽자건이 대수롭지 않다는 듯 설명했다.

"개방은 천하제일의 정보력을 갖춘 집단이고, 하남성에서 아주 오랫동안 소림사와 함께 지내왔다. 비록 현재 포달랍궁의 침공 때문에 철담협개 선배님과 상당수의 주력이 사천으로 향했다곤 하나 어찌 소림사의 위기를 그냥 두고 볼 수 있겠나? 벌써부터 개봉에 있는 총타의 병력을 투입할 기회를 재고 있었을 거야. 지금처럼 개방의 총타와 전력에 큰 타격이 가지 않는다는 확신이 드는 순간을 말야."

"어째서 그렇지요?"

"여기는 개방이 속해 있는 하남성이라 소림사와 황천기 간의 싸움 소식을 빨리 알 수 있고, 부근에는 낙양성이 있으니까."

"더욱 모르겠는데요. 사실은 완전히 뜬구름 잡는 소리로밖엔 안 들립니다."

목진풍의 정직함이 묻어 나오는 질문에 엽자건이 다시 입을 열려 할 때였다.

저 멀리에서 송지하가 특유의 건들거리는 걸음으로 다가왔다. 입가에는 미소가 가득하다.

"그건 제가 대신 설명해 드리기로 하죠. 사부님은 자신을 따르는 사람들이 한결같이 병법에 밝고 머리가 좋다고 생각하는 못된 버릇이 있으시니까요."

'병법은 그렇다 치고 내 머리가 나쁘다는 거냐?'

본래부터 송지하에게 그리 호감이 없던 목진풍의 안색이 살짝 굳어졌다.

같이 싸움을 치른 터였다.

엽자건조차 피투성이에 흙먼지가 자욱한 얼굴을 하고 있건만 송지하의 외양은 여전히 깨끗했다. 자기 혼자만 옷을 갈아입고 목욕재계를 한 것 같이 말이다.

사실은 진짜 그랬다.

환월과 마찬가지로 엽자건에게 모종의 임무를 부여받고 소실봉을 떠났던 송지하는 중간에 발견한 계류에서 피를 씻고, 세안까지 말끔하게 끝냈다.

전장에선 결코 흔치 않는 깔끔함이었다.

이유는 자명하다.

그는 천룡영웅대에 속한 몇몇 미인들에게 잘 보이고 싶었다. 그래서 반드시 그들중 한 명이라도 관심을 엽자건으로부터 자신 쪽으로 돌려놓고 싶은 심산이었다.

바람둥이로서의 정체성!

어쩌다 보니 거기에 아주 많은 부분을 걸게 되었다.

어찌 됐든 그렇게 깔끔해진 모습으로 돌아온 송지하가 매력적인 미소와 함께 말을 이었다.

"즉, 간단히 말해서 개방은 줄곧 소림사와 황천기의 싸움을 예의 주시해 오고 있었다는 겁니다. 물론 쉽사리 끼어들 수는 없지요. 황천기의 정병이 일만이나 되는데다 개방의 정예 중 상당수가 이미 사천의 신무림맹으로 떠난 상태니까요."

"하, 하지만 개봉에서 개방의 정예가 출발한 건 며칠 전인데 어찌……."

"낙양성을 수비하고 있던 대병이 숭산으로 향한다는 소식을 듣고 빠른 결단을 내린 게 아니겠습니까? 물론 사부님께선 거기까지 예상을 하고 계셨겠지만요."

'정말?'

목진풍의 목이 소리가 날 만큼 빠르게 엽자건 쪽으로 돌려졌다. 송지하가 한 말이 맞는지 확인하고 싶었기 때문이다.

그러나 엽자건은 표정 하나 변함이 없다. 자신과는 아예 관련이 없는 얘기인 듯한 태도다.

그러거나 말거나 송지하는 말을 계속했다.

"또한 창룡검가 역시 마찬가집니다. 역시 사부님의 예상대로……."

"어디까지 왔지?"

"개방보다 빠르더군요. 숭산에서 이미 삼십 리도 떨어지지 않은 듯합니다. 그래서 소실봉에서 퇴각한 황천기의 잔존 병력이 우왕좌왕하고 있고요."

"고생이 많았겠군."

"딱 죽지 않을 만큼만 고생했습니다. 퇴각전을 벌이던 황천기 녀석들을 이끈 놈들이 중간에 끼어들었는데 하나같이 초절정 급의 고수들이더군요."

"과연 진짜 전력은 숨겨놓고 있었다는 거로군!"

"무서운 놈들입니다. 만약 사부님께서 미리 뿌려놓은 떡밥들이 없었다면 이번 싸움, 결과는 누구도 예상할 수 없었을 겁니다."

"최소한 소림사와 천룡영웅대의 피해는 지금보다 몇 배는 훌쩍 뛰어넘을 정도가 되었을 테지."

'패배 따윈 아예 염두에 두지 않는다는 뜻인가? 정말 대단한 자신감이로군!'

송지하가 내심 고개를 절레절레 흔들어 보였다.

의형이자 사부인 엽자건.

처음 만났을 때부터 범상치 않은 인물이었으나 지금은 까마득히 높은 곳으로 날아가 버렸다. 어쩌면 우상인 곤왕 유대유와 비견될 만한 위치로까지 말이다.

그때 목진풍이 더듬거리며 말했다.

"그, 그럼 이제부터 우리 천룡영웅대는 어찌하면 되는 겁니까? 다시 황천기의 뒤를 쫓아가서 그들을 몰살시키면……."

"그건 곤란해."

"예? 하지만 낙양성의 대군에……."

"잡병이지. 이미 하남성의 도지휘사사에 속해 있던 정병을 몰살시킨 황천기의 상대가 되지 못해."

"개방과 창룡검가의 정예들도 오고 있는데……."

"낙양성의 수비병이 움직이는 것을 보고 체면치레나 하겠다고 동원한 병력이 얼마나 되겠나? 아마 진군 속도를 적당히 늦추고 있을 거야."

"그, 그럼 결국 소림사와 저희 천룡영웅대만으로 싸워야 한다는 겁니까?"

"그것도 곤란해. 익숙한 산악 지형에 기대어 싸웠어도 중과부적이었는데, 너른 평지에서 정병을 감당해 낼 순 없을 테니까 말야."

"그, 그럼 도대체 어찌할 작정이신 겁니까?"

"기다린다."

"예?"

황당한 표정이 된 목진풍을 향해 엽자건이 싱긋 웃어 보였다.

"황천기주는 명장이다."

송지하가 천천히 고개를 끄덕여 보였다.

"저 역시 그리 봤습니다. 아주 빼어난 용병술이더군요. 판단 역시 빠르고요."

"그래, 그러니 아마 이미 이(理)를 얻지 못하게 된 전쟁에 계속 미련을 둘 인물은 아닐 거야."

"철퇴(撤退)를 한다?"

"소림사를 포기할 때처럼 빠를 거야."

털썩!

목진풍이 결국 참지 못하고 바닥에 주저앉았다. 엽자건과 송지하의 대화에 머릿속이 복잡해져 현기증을 느낀 까닭이었다.

'엽 대형은 귀신이다! 제자도 마찬가지고!'

까닥! 까닥!

남궁수 등과 함께 모습을 감췄던 환월이 소림사의 전경이 그대로 보이는 노송 위에 앉아 발을 흔들었다.

점차 밝아져 오고 있는 소실봉 일대.

전날의 처참한 전투와 산불의 잔해를 서서히 드러내 놓고 있었다.

꽤나 볼썽사나운 모습이다.

그러나 환월의 두 볼은 살짝 상기되어 있었다.

그녀의 가냘픈 몸에는 어느새 암도와 묵검이 그럴듯하게

자리 잡고 있었다. 귀살인도 당주만이 지닐 수 있는 마병이 비로소 주인을 찾아간 것만 같다.

하지만 환월이 지금 기분이 좋은 건 단지 그런 것 때문이 아니었다. 태연히 묵검을 내주던 엽자건의 믿음이 그녀의 가슴을 뛰게 만들고, 두 볼을 달아오르게 했다. 여전히 아주 많이 신경 쓰이게 만드는 남궁수의 존재조차 잠시 잊어버릴 만큼 마음을 기쁘게 만들었다.

'주인은 날 믿고 있다! 자신의 목숨조차 맡길 수 있을 만큼……'

환월의 안색이 더욱 짙게 상기되었다. 엽자건에게 사랑 고백이라도 들은 것처럼 그랬다.

*   *   *

다각! 다각!

십방폭화전법에 의해 소실봉을 벗어난 황천기가 집결한 곳은 이천(伊川)에서 백 리가량 떨어진 벌판이었다.

대군을 운용하기엔 이상적인 지형.

특히 초원을 가로지르며 무수히 많은 전투를 벌여왔던 황천기로선 전력을 극대화할 수 있는 장소이기도 하다. 만약 다시 전투를 벌이게 된다면 말이다.

'내가 너무 놈을 높게 봤던 것인가? 병법을 안다면 적어도

추격의 의지 정도는 보였어야 하거늘…….'

황천기주를 떠났던 천풍십사는 합류와 함께 상당히 많은 정보들을 쏟아냈다. 대부분 숭산 일대로 몰려들고 있는 낙양성의 수비군과 소림사에 모인 전력들에 관한 사항으로, 대충 예상 범위를 넘어서지 않고 있었다.

물론 모두 그런 건 아니었다.

숭산을 떠난 지 수일이 지나도록 황천기를 추격하는 세력은 전무했다. 비록 십방폭화전법을 사용했다곤 하나 병법을 아는 자라면 결코 용납할 수 없는 실수였다. 다시 전열을 가다듬은 황천기가 이대로 물러날 리 없었기 때문이다.

각개격파!

먼저 전열을 정비한 후 낙양성의 수비군을 몰살시키고, 다시 소림사로 진격해 들어가는 것. 황천기쯤 되는 정병이라면 아주 쉬운 선택이다.

'…으음!'

황천기주의 끊임없이 이어지고 있던 생각의 흐름이 갑자기 불규칙해졌다. 갑자기 그가 장악하고 있던 공간 속으로 불쑥 뛰어들어 온 불청객이 원인이었다.

"주인!"

천풍십사의 첫째인 일사가 경호성을 발하며 방어진을 펼치려는 것을 황천기주가 손을 들어 막았다.

"소란 떨 것 없다. 내가 모르는 자도 아니니까."

"……."

일사가 침묵 속에 고개를 숙여 보였다.

스사사삭!

그때 황천기가 만들어낸 거대한 먼지구름을 뚫고 독특한 외양을 한 괴인이 황금색 두더지와 함께 모습을 드러냈다. 마천 오대마물 중 일좌인 목령사귀였다.

흡사 고목과도 같은 인상.

죽은 시체같이 한 점의 생기가 느껴지지 않는 그가 황천기주에게 녹안을 번뜩이며 말했다.

"마천의 군사께서 부르십니다!"

"웃기는군. 전장에서 갑자기 모습을 감추더니 이젠 나를 찾는다?"

"군사께서는……."

"네놈에게 주둥이를 놀리라고 허락한 바 없다!"

짤막한 일갈과 함께 황천기주에게서 튀어나온 수십 가닥의 자색 번개가 목령사귀의 전신을 휘감았다.

"우워!"

목령사귀가 입을 벌린 채 바닥에 무너져 내렸다. 대종교의 마황십도 중 하나인 혈천강살(血天罡殺)에 전신이 사분오열되었음은 물론이다.

그러나 곧 보는 이의 눈을 의심케 하는 기변이 일어났다.

뚜둑! 뚜두두두둑!

황천기주의 혈천강살에 산산조각 난 목령사귀의 몸이 스스로 치유를 시작했다. 가루가 되어버렸던 몸의 뼈마디가 저절로 달라붙더니, 곧 평상시의 모습을 회복한 것이다.

"불사목령괴공(不死木靈怪功). 여전히 짜증나게 만드는 물건이로군."

"절 죽이고 싶다면 뇌를 부수고 심장을 터뜨리시면 됩니다."

"알고 있다. 천기마야는 어디에 있지?"

"서북쪽으로 십 리 밖에 있는 정자입니다."

"앞장서라."

"예."

목령사귀가 황금색 두더지와 함께 신형을 돌려세웠다. 그러자 그때까지도 침묵을 지키고 있던 일사가 다시 나섰다. 얼굴에 우려의 기색이 짙게 머물러 있다.

"주인, 천기마야는 사념술사들과 함께 소림사에서 갑자기 종적을 감췄습니다."

"그걸 내가 모른다고 생각하는 것이냐?"

"주인께서는 모든 걸 알고 계십니다. 하지만 이곳은 중원입니다. 홀로 천기마야를 만나러 가시는 건 옳지 않은 판단이라 사료됩니다."

"어차피 중원을 벗어나기 위해선 마천의 힘이 필요하다. 설마 우리 황천기만으로 중원의 병력 전체를 상대할 수 있을 거라 생각하는 건 아닐 테지?"

"그건 그렇습니다만……."

"천기마야가 비록 음흉한 자이긴 하나 후금에 있는 대종교의 세력 전부를 적으로 돌리진 못할 것이다. 그러니 너는 쓸데없는 걱정은 그만두고 군이나 재정비하도록 하라. 곧 각개격파에 나서게 될지도 모르니까."

"존명!"

일사가 언제나와 같이 복명과 함께 고개를 숙여 보였다. 주인인 황천기주가 이리 나올 경우 절대 고집을 꺾을 수 없음을 그는 잘 알고 있었다.

잠시 후.

목령사귀의 안내를 받고 꽤나 운치있는 대나무숲의 한가운데 만들어진 인공의 호수에 도착한 황천기주의 눈매가 가늘어졌다.

호수의 한켠에 세워진 정자의 안쪽.

노곤한 표정을 한 채 천기마야가 호수 쪽을 내려다보고 있었다. 그에 대해 아는 바가 없는 자라면 은퇴한 노문사가 한가롭게 시간을 보낸다고 오해할 법한 모습이었다.

'뭔가 일이 있었군.'

내심 눈을 빛낸 황천기주가 가볍게 신형을 날려 정자 위에 떨어져 내렸다. 바람에 떠도는 한 점의 풀잎이라 한들 이처럼 가볍지는 않을 듯한 모습이다.

슥!

그제야 천기마야가 호수 쪽에서 시선을 떼어냈다.

부드럽고 유현한 눈빛.

그러나 그 깊은 곳에서 회오리치고 있는 검고 끝없는 무저의 빛을 황천기주는 놓치지 않았다.

"변명해 보시오!"

"변명이 필요하겠는가?"

"일단 들어 보고 결정 내릴 것이오."

"허허, 과연 인물이로고!"

나직이 너털웃음을 터뜨려 보인 천기마야가 무저의 빛을 사그라뜨린 후 말을 이었다.

"아쉽게도 소림사에 있던 무상지도 파편의 소유자를 놓쳐 버렸다네."

"파편의 소유자가 당세에 진짜 존재했던 것이오?"

"그랬으니 대법대불왕이 아미파를 복속시키지 못하고, 우리 역시 소림사를 멸망시키는 데 실패한 게 아니겠는가?"

"설마 아미파의 멸망을 막았다던 뇌음사의 고승이 소림사 출신이었다는 뜻이오?"

"그랬을 거라 생각되네. 한 시대에 한 명 나오기도 힘든 파편의 소유자가 둘이나 될 리 없을 테니 말일세. 단!"

"단?"

"향후 더 이상 파편의 소유자는 무림에 모습을 드러내지 않을 걸세."

"어찌 장담하시는 거요? 그를 놓쳤다고 하지 않았소?"

"파편은 이미 후대에게 전달되었더군. 아직 완성되진 않았지만."

"……."

황천기주의 눈이 다시 빛을 발했다. 천기마야의 말을 듣는 순간 뇌리를 스쳐 간 한 사람의 영상 때문이었다.

천기마야가 그의 예상을 확인시켜 줬다.

"자네 예상대로 천룡영웅대를 이끌고 온 파군성 엽자건이란 아이가 맞을 걸세."

"놈을 죽여야 할 이유가 하나 더 늘었군!"

"잠시만 뒤로 미루게나."

"날 찾은 다른 이유가 있는 것이오?"

"개방과 창룡검가에서 움직이기 시작했네. 낙양성 수비군 역시 이미 숭산에 도착했고."

"그래서였구나!"

황천기주가 버럭 노성을 터뜨렸다. 비로소 병법을 안다고 여겼던 엽자건이 수일간이나 황천기의 배후를 공격해 오지 않은 이유를 깨달은 것이다.

그러나 황천기주는 천하의 효웅이었다. 마웅이었다. 곧 흥분을 가라앉힌 그가 천기마야의 말에 집중했다.

"내 이미 황천기가 장성을 빠져나갈 준비를 끝마쳤다네. 중원의 신무림맹은 노부가 처리할 터이니 이만 후금으로 떠나도록 하시게."

"설마 곤왕 유대유를 처리한 거요?"

"그렇다고 봐야겠지."

"어떻게?"

천기마야가 입가에 미묘한 미소를 매단 채 이마 부근을 손가락으로 톡톡 건들어 보였다.

"노부에겐 이게 있지 않은가?"

황천기주의 눈빛이 깊어졌다.

"대단하시군! 아니, 처음부터 곤왕 유대유를 처리하기 위해 나와 황천기를 중원으로 끌어들여 소림사를 치게 한 것인지도 모르지."

"변명은 않겠네. 하지만 노부 역시 소림사에서의 일이 이렇게까지 꼬일 거라곤 생각지 않았다네."

"파편의 새로운 소유자를 말하는 것이오?"

"대업의 새로운 불안 요소가 나타난 셈이지. 그래서……."

"그놈은 내가 처리하겠소."

"…황천기와 함께 후금으로 떠나지 않겠다는 건가?"

"그놈을 죽인 후에 갈 것이오. 어차피 황천기와 함께가 아니라면 어찌 장성을 뛰어넘는 걸 두려워하겠소?"

"그도 그렇군."

천기마야가 천천히 고개를 끄덕여 보였다. 새롭게 등장한 불안 요소인 엽자건에 대한 처리는 이미 준비해 둔 게 있었다. 그러나 황천기주가 직접 손을 쓰겠다면 얘기가 달라진다. 굳이 말릴 이유가 존재하지 않았다.

"노부는 지금부터 사천으로 갈 생각이라네."

"바쁘구료. 포달랍궁의 대법대불왕과 신무림맹을 상잔시키기 위해서겠지?"

"다 본 교의 대업을 위해서가 아니겠는가? 그러니 될 수 있으면 엽자건이란 아이가 사천에 도착하기 전에 손을 쓰는 게 좋을 것일세. 그렇다고 무리하진 말고."

"흥!"

차가운 코웃음과 함께 황천기주가 신형을 돌려세웠다. 천기마야와의 대화를 일방적으로 끝낸 것이다.

천기마야는 정자를 떠나 점차 멀어져 가는 황천기주를 무심하게 바라보다 입가에 옅은 미소를 만들어냈다.

아주 드문 표정의 변화.

'효웅이라 생각했거늘 패왕(霸王)의 자질 역시 갖추고 있었던 것인가? 하지만 엽자건이란 아이 역시 범상치 않은 녀석이니, 꽤 재밌는 승부가 될 것 같구나. 물론 그 녀석이 사천에 도착하기 전 죽을 운명이란 점은 결코 변하지 않을 테지만 말야.'

천기마야는 효웅이나 패왕이 아니다. 머리로써 세상을 사는 모사였다.

그런 그에게 있어 천하의 어떤 강자든 단지 자신의 손바닥 위에서 춤추는 꼭두각시에 불과했다. 아니면 유대유나 엽자건처럼 제거 대상이 되거나 말이다.

톡톡!

다시 이마 부위를 손가락으로 두들긴 천기마야가 부근에서 대기하고 있던 목령사귀를 불러들였다.

"목령사귀, 이 시간부로 마천의 하남성 활동을 잠정적으로 중단한다."

"예!"

"또한 곧바로 최급으로 막사여에게 소식을 전달해라. 작전을 시행하도록."

"예!"

잇단 복명과 함께 목령사귀가 정자를 떠나갔다. 천기마야가 내린 명령이 지금 당장 시행해야 하는 것임을 확실하게 인지한 까닭이다.

'아쉽구나! 이번 기회에 황천기주와 황천기의 대병을 이용해 강북무림 전체를 쓸어버릴 수도 있었을 것을. 하지만 곤왕을 묶어두고 파편의 새로운 주인을 알게 되었으니 그리 나쁠 것도 없는 결과다. 약간의 파탄은 있다 해도 결국 천하의 정세는 모두 나의 주재대로 움직일 터인즉.'

내심의 중얼거림과 함께 천기마야가 다시 호수 속으로 시선을 던졌다.

한가롭게 노니는 물고기들.

천기마야의 손바닥 위에서 움직이는 천하와 그다지 다를 것도 없어 보인다.

                    *   *   *

장생전.

소림사에서 득도를 인정받은 고승들만이 들 수 있다는 이곳에 발을 들여놓은 엽자건이 마른침을 삼켰다.

수일 전, 이곳에 든 사부 보종은 아직까지도 의식이 없는 상태였다. 장생전의 고승들이 번갈아가며 내공을 소모하고 보살폈으나 차도가 신통치 않았다. 워낙 쇠잔한 몸으로 심력과 체력을 극심하게 소진해 생명력 자체가 바닥을 드러낸 까닭이었다.

그래도 엽자건은 오늘에서야 장생전에 들 수 있었다.

이유는 뻔했다.

보종을 대신해 그는 얼떨결에 소림사 방어진을 떠맡게 되었다. 종경 역시 난전 중에 꽤나 심한 부상을 당한 터라 장문인 종아 선사의 부탁을 거절할 수 없었다.

또한 그 역시 황천기의 후속 공격이 없을 거라는 확신을 필요로 했다. 자칫 예상을 벗어난 결과가 발생한다면 다시 피투성이 싸움을 벌일 수밖에 없을 터였기 때문이다.

'제기랄, 그래도 너무 늦어버렸다! 이렇게까지 사부님의 상세가 위중한 줄 알았으면 만사를 때려치우고 달려왔을 것인데……'

내심 욕설을 내뱉은 엽자건의 눈에 문득 이채가 어렸다. 장생전의 안쪽에서 모습을 드러낸 두 명이 원인이었다.

슥!

발끝으로 지축을 가볍게 밀어낸 엽자건이 순간적으로 두 고승 앞에 이르러 정중하게 허리를 접어 보였다.

"엽자건이 장문인과 종경 사숙조님을 뵈옵니다!"

"……"

침묵 속에 고개를 끄덕여 보이는 종아 선사와 달리 종경이 슬쩍 손을 내밀어 엽자건의 어깨를 두들겨 줬다. 부상으로 인해 다소 창백한 인상이긴 하나 눈빛만은 여전히 맑고 강했다.

"보종을 만나러 온 것이더냐?"

"예, 사숙조님께서도 부상이 심하시다 들었습니다."

"그저 생채기 몇 개가 났을 뿐이다."

'화살을 다섯 발이나 맞고 창검상도 네댓 군데나 당했다고 들었는데……'

내심의 중얼거림과 달리 엽자건은 굳이 종경의 말에 반박하지 않았다. 소림사를 대표하는 고수인 나한당 수좌가 이러한 시기에 약한 모습을 보일 순 없음을 잘 알고 있었기 때문이다.

그때 묵묵히 엽자건을 살피고 있던 종아 선사가 입을 열었다.

"방금 전 보종에 대한 운기요상이 끝났기는 하나 여전히 의식을 회복하진 못했구나. 그래도 그의 얼굴은 보고 싶겠지?"

"예, 그렇습니다."

"들어가 보도록 하거라. 그리고……."

잠시 말끝을 흐렸던 종아 선사가 눈에 미묘한 기광을 만들어냈다.

"…나온 후 방장실을 찾도록 하거라. 노납이 네게 할 얘기가 있으니까."

"예, 알겠습니다."

엽자건이 다시 정중하게 허리를 접어 보이자 종아 선사가 종경과 함께 장생전을 떠나갔다.

보종과 엽자건.

두 사제 간의 재회를 방해하고 싶지 않은 까닭이었다.

장생전의 작은 방 안.

단출한 침상 위에 눕혀져 있는 보종 앞에 선 엽자건의 눈빛이 가벼운 흔들림을 보였다.

볼살이 쑥 빠졌고, 장대하던 몸 역시 마찬가지다.

마른 장작처럼 바짝 말라붙어 예전의 위풍을 전혀 찾아보기 힘들다. 완전히 다른 사람을 보는 듯하다.

'사부… 왜 이렇게 마른 거요…….'

엽자건이 떨리는 손끝을 뻗어 보종의 얼굴을 더듬다 눈을 지그시 감았다.

더불어 일으킨 기의 유동!

과거와는 사뭇 달라진 기감 역시 발휘된다.

절대지경에 오르며 더욱 예리하게 날이 세워진 역근경과 세수경의 양대내경으로 빠르게 보종의 몸 이곳저곳을 더듬어 가기 시작한 것이다.

또한 헤집어갔다. 적절하게 어루만져 갔다. 어떻게든 완전히 쇠진해 버려 기력이 다해 버린 생명력의 불꽃을 다시 타오르게 만들려 노력하는 과정에 최선을 다했다.

부들!

그러나 곧 엽자건의 손끝이 다시 떨림을 보였다. 여태까지 장생전의 고승들이 경험했던 것과 동일한 감각이 그에게 돌아왔다. 절망과 함께.

'사부의 생명력은 이미 타인의 내기를 받아들일 수 없는 상태. 자칫 내기를 억지로 주입했다간 위험을 자초하는 꼴이 될 가능성이 높다.'

천하무쌍의 신공절학이라 할 수 있는 역근경과 세수경!

결코 만능이 아니다.

특히 보종처럼 사람의 삶을 잇게 만드는 근간이라 할 수 있는 생명력이 완전히 소진되어 버린 상태에선 더욱 그러했다. 기적을 일으키기엔 힘이 부쳤다.

그래도 엽자건은 포기할 수 없었다.

문득 뜨여진 그의 눈에 텅 비어 있는 보종의 한쪽 다리가 보인다.

자신 때문이다.

새외칠마로부터 한 명의 소년을 구하기 위해 보종은 다리를 포기했다. 곤왕 유대유를 이길 소림의 오호란을 재현시키는 꿈 역시 마찬가지였다.

그런데 어찌 포기할 수 있을까?

'많은 걸 바라는 게 아니다! 나는 아직 사부님께 오호란의 재현을 보여 드리지 못했다! 그걸 보여 드리기 전까진 결코 사부님을 놓아드릴 수 없다!'

내심의 부르짖음과 함께 엽자건이 몸속에서 융화된 팔대진기의 본령을 일으켰다. 모조리 끌어 모았다. 하나의 장대하고 도도한 기력으로 변화시켜서 보종의 전신을 습막처럼 감싸안게 만들었다.

벌모세수?

비슷하지만 조금 다르다.

엽자건은 절대지경에 이른 자신의 모든 걸 걸고서 보종의 기경팔맥과 전신세맥을 다시 어루만지고 자극하기 시작했다. 그렇게 함으로써 어떻게든 소진된 생명력의 불씨를 되살리려 했다. 그게 지금 자신이 할 수 있는 최선임을 알고 있었기 때문이었다.

그렇게 얼마만큼의 시간이 흘러갔을까?

지루할 정도의 시간의 흐름 속에서 거의 무한에 가깝던 기력의 대부분을 소비한 엽자건의 손끝이 다시 떨림을 보였다.

세 번째 떨림.

앞서의 두 차례와는 달랐다.

'사부님의 생명력이 유동하기 시작했다! 미세하지만 스스로의 힘으로 다시 움직임을 보이기 시작한 것이야!'

내심의 환호작약과 달리 엽자건은 더욱 기의 움직임을 세심하게 했다. 혹시라도 가까스로 얻은 희망의 불꽃을 꺼뜨릴까 봐 걱정한 까닭이었다.

그런데 이어 다시 내력을 발산하던 엽자건의 손목을 갑자기 보종의 앙상한 손이 부여잡았다.

초월적인 힘이다.

게다가 아주 뜨겁다.

보종의 혼에 이끌려진 손길이었기 때문이다.

"사부님……."

[그만 되었다. 충분해…….]

"하지만 아직……."

[되었다고.]

보종이 나지막하나 강한 뜻이 담긴 심어(心語)와 함께 엽자건을 향해 부드럽게 미소 지어 보였다.

[소림은 아직 무사하더냐?]

"예, 사부님께서 소림사를 구해내셨습니다."

[내 힘만은 아니었지.]

"그래도 사부님의 공이 가장 크셨습니다."

[어리석은 소리! 소림은… 그 자체로 충분하다. 공이 크고 작은 것을 나눌 필요는 없음이야.]

"……"

엽자건은 보종의 말에 동의하지 않았다. 보종이 없었다면 자신과 종경이 도착하기도 전에 소림사는 멸망했을 거라 여긴 까닭이다. 그래도 그는 침묵을 지켰다. 사부 보종을 격동시켜 병세를 더욱 심화시키고 싶지 않아서였다.

보종이 제자의 그 같은 심중을 모를 리 없다. 다시 입가에 미소를 지어 보인 그가 질문했다.

[오호란은 어찌 되었느냐? 완성했더냐?]

"죄송합니다. 아직 이루지 못했습니다."

툭툭!

보종이 꾸짖음 대신 어렵사리 손가락을 움직여 엽자건의 손등을 두드려 줬다. 격려했다.

"하지만 실마리를 찾았으니, 곧 이룰 수 있을 겁니다. 그러니 사부님, 그때까지……."

[아무렴! 내가 어찌 오호란을 보지도 못하고 떠날 수 있겠느냐? 너는 걱정할 필요가 없다. 그리고 삼절마곤을 사용하지 않더구나?]

"산으로 오르던 중 망가뜨렸습니다."

[내 장문 사백님께 맡겨놓은 게 있으니, 대신 사용하도록 하거라.]

'장문인께서 날 보자 한 건 그 때문인 건가?'

엽자건이 잠시 딴생각에 빠졌을 때였다. 스르륵 보종의 손에서 힘이 빠져나갔다. 또렷하게 뇌리 속에 자리 잡았던 혼의 목소리 역시 마찬가지다.

"사부님?"

"……."

더 이상 대답은 들려오지 않았다. 보종은 다시 깊고 깊은 잠 속에 빠져들고 만 것이다.

第九十五章

색중귀도(色中鬼刀)

少林
棍王
소림곤왕

방장실.

은은하게 감도는 향연 속에 거하고 있던 종아 선사가 문득 눈을 떴다.

은은하게 감도는 안광.

방금 전까지 오수에라도 빠졌나 싶었던 엽자건의 생각을 곧바로 거두게 만든다. 폐부 깊숙한 곳까지를 단숨에 꿰뚫어 보는 듯한 눈빛을 앞에 두고서 그럴 수밖에 없는 것이다.

반면 종아 선사는 내심 크게 놀라고 있었다.

소림사의 칠십이종 절예.

그중에서도 방금 전 그가 일으킨 기운은 대반야신강(大般

若神罡)으로 평생 동안 참오해 왔던 신공이었다. 지극히 익히기 어려워서 아직 절반도 이루지 못하긴 했으되, 내심 천하를 오시할 만한 무위를 얻었다 여기고 있었다. 권종의 태두로서 곤종이라 할 수 있는 종경이나 보종조차 내공 면에서 압도한 까닭이기도 했다.

그런데 그의 이 압도적인 내기를 엽자건은 태연히 받아내고 있었다. 표정 하나 변함이 없었다. 어떻게 이런 일이 가능할 수 있는 것일까?

잠시 혼란을 느끼던 종아 선사가 입가에 쓴웃음을 매달았다. 문득 뇌리를 스쳐 가는 생각이 있었다.

'설마 오랫동안 닫혀 있던 소림명부(少林冥府)의 문이 열린 것인가? 과거 도패미검왕 이후 인연이 닿은 이가 없었다 알고 있었건만…….'

소림명부.

한때 천 년 소림을 장승불패로 이끌었던 위대한 이름이나 당대에는 아는 자조차 드문 비밀의 장소가 되었다. 종아 선사역시 전대 장문인에게서 그 존재만을 가까스로 전해 들었을 따름이었다.

그 같은 이유로 종아 선사는 곧 내심의 의혹을 거둬들였다.

눈앞에 있는 엽자건이 소림사에 머물렀던 기간은 그리 길지 않았다. 그사이 소림명부와 인연이 닿았으리란 생각은 들지 않았다. 만약 그렇다 해도 비밀리에 전승되는 소림명부의 특성상 알아낼 길이 없을 테고 말이다.

슥!

그 같은 생각과 함께 종아 선사가 한켠에 놔뒀던 한 묶음의 자단봉을 엽자건에게 내주었다. 보종이 탑림에서 은거하던 중 만들어뒀던 새로운 삼절마곤이었다.

"이 삼절곤은 보종이 맡겨놨던 것이라네. 강철보다 단단하다는 자단목(紫檀木)을 깎아 만든 것이라고 하더군."

"감사히 받겠습니다."

엽자건이 정중하게 고개를 숙여 보이곤 자단봉을 받아 들었다.

손끝에 느껴지는 무게.

전의 삼절마곤보다 두 배쯤 묵직하나 상관할 바 없다. 이미 절대지경에 이른 그에게 있어 병기의 무게 따위는 그다지 큰 의미가 되지 않는다.

종아 선사가 말을 이었다.

"자네를 부른 이유가 그것뿐은 아니라네."

"하명하시지요."

"지금부터 하는 말은 소림사의 속가제자인 엽자건에게 하는 말이 아니라네."

"그럼?"

"노납은 연평왕 전하의 의형제이자 신무림맹의 천룡위주인 파군성 엽자건 무상에게 개왕 이 방주로부터 온 서신을 전달하려 하네. 그러니 그 서신을 받은 이후의 일은 스스로 결정하도록 하게나."

"……."

엽자건은 내심 눈을 번뜩였다.

장문인이자 사백조가 되는 종아 선사가 연평왕과의 관계를 눈치챈 것은 그다지 중요한 일이 아니었다. 어차피 요 근래 보인 그의 미묘한 태도 변화로 대충 짐작한 바 있었다. 본래 시간문제라 여기고 있었기도 했고.

다만 철담협개의 서신은 다른 문제다. 지대한 관심이 쏠렸다.

스륵!

종아 선사에게 서신을 넘겨받은 엽자건이 품속에 갈무리한 후 다시 정중하게 고개를 숙여 보였다. 그가 있는 앞에서 서신 안의 내용을 확인할 수는 없다고 여긴 까닭이었다.

잠시 후.

방장실을 빠져나온 엽자건이 문득 삼매진화(三昧眞火)를 일으켜 손에 들려 있던 서신을 한 줌 재로 만들었다. 물론 서신 안의 내용은 이미 숙지한 상태였다.

'요진, 어째서 대법대불왕이 아니라 잔혹마군 냉고성과 함께 있는 것이냐? 아니, 그런 건 중요치 않다. 내가 이제 널 찾으러 갈 테니까!'

잔혹마군 냉고성은 새외칠마 중에서도 마령귀사에 버금갈 만큼 지독한 악연 중 하나였다. 서로 만나기만 하면 상대방을 향해 칼날을 날릴 수밖에 없는 원수지간인 것이다.

당연히 그런 냉고성과 감요진이 함께 있다는 소식은 엽자건의 마음을 크게 자극했다.

질투?

그런 것보다는 불안감이 더 컸다. 여태까지 감요진과의 만남을 줄기차게 방해해 왔던 운명이란 놈이 다시 농간을 부릴 것이 겁이 났다.

잠시뿐이었다.

한차례 심호흡과 함께 엽자건이 고개를 있는 힘껏 뒤로 젖혀 짙푸른 하늘을 올려다봤다.

하얀 구름이 하나.

소실봉의 산봉 위를 두둥실 떠다니다 바람에 이리저리 흩어져 간다. 마치 크게 흔들려 버린 엽자건의 마음같이.

"우아아아아아!"

문득 엽자건의 입에서 용과 같은 일성대갈이 터져 나왔다. 저도 모르게 사자후를 일으켜 마음속의 흔들림을 하나도 빠짐없이 내뱉어 버린 것이다.

*　　　*　　　*

흠칫!

여인인 탓에 소림사 경내에 머물지 못하고 주변에 만든 초막에 거하고 있던 남궁수의 눈에 이채가 어렸다.

멀리서 들려오는 일성대갈!

가슴을 가볍게 뛰놀게 만드는 것이 엽자건의 목소리가 분명한 듯싶다.

'무슨 일이라도 일어난 것일까? 하지만 분명 소림사 경내 쪽에서 들려오는 소리이건만……'

남궁수는 잠시 망설였다.

엽자건이 터뜨린 게 분명한 사자후가 마음에 걸렸으나 하필이면 그게 소림사 경내였다. 여인의 몸으로 산문을 넘지 못한다는 걸 알기에 곧바로 엽자건을 찾아가는 것에 고심을 느낄 수밖에 없었다.

그녀와는 다른 사람도 있다.

나란히 만들어진 다른 초막 안에서 오수를 취하고 있던 이가혼이 곧바로 모습을 드러냈다. 여전히 늘씬한 몸매가 그대로 드러나 보이는 옷차림인데, 살짝 아랫배가 나오고 얼굴 역시 은은한 홍조가 깃들어 있다.

한마디로 숙취가 채 가시지 않은 모양새!

그래도 개방에서 첫손가락에 꼽히는 주당인 이가혼이었다. 몇 차례 눈을 깜빡이더니, 곧 꺼윽 하고 트림을 토해냈다. 내공을 운기해서 몸속에 남아 있던 주독을 일거에 몰아낸 것이다.

찰싹! 찰싹!

손 역시 그냥 쉬고만 있진 않는다. 그녀의 양손이 빠르게 자신의 얼굴을 오고 갔다. 아직 남아 있는 술기운을 단숨에 날려 버리려는 행동이다.

보다 못한 남궁수가 끼어들었다.

"그렇게까지 할 필요는 없습니다. 천룡위주의 신변에 이상이 생긴 건 아니니까요."

"그걸 어떻게……."

"목소리 속에 담겨 있는 기운이 웅장하고도 맑으니, 누군가의 공격을 당하거나 한 건 아니라고 생각합니다. 다만……."

"다만?"

"비분의 감정이 다소 담겨 있는 게 마음에 걸리는군요."

"비분?"

"아마 마음이 크게 격동하신 듯합니다. 하지만 천룡위주는 강한 분이시니까……."

"역시 큰일이 일어난 거잖아!"

언제 남궁수의 말에 귀 기울였냐는 듯 이가흔이 펄쩍 뛰어올라 곧바로 취팔선보를 펼쳐 냈다. 엽자건이 일성대갈을 터뜨린 소림사 쪽으로 전력질주하기 시작한 것이다.

"……."

남궁수의 이맛살이 살짝 찌푸려졌다.

그녀와 마찬가지로 이가혼 역시 소림사 경내에 들어가지 못하는 몸이다. 이런 식으로 소림사로 뛰어들어 가면 엽자건이 곤란해질 건 불 보듯 뻔하다.

　'게다가 안에는 다른 천룡영웅대의 대원들이 있다. 그들까지 나서게 되면 의외로 문제가 심각해질 수도 있다.'

　내심 빠르게 판단 내린 남궁수가 역시 신형을 뽑아 올려 이가혼의 뒤를 쫓았다. 어떻게든 그녀가 소림사의 경내를 넘기 전에 잡아서 문제를 사전에 막기 위함이었다.

　슉!

　대기를 가로지르는 남궁수의 움직임이 점점 더 빨라지고 있었다.

　　　　　　*　　　　*　　　　*

　사라락!

　섬세하면서도 능숙한 손가락 놀림에 의해 치마고름이 풀어진 것과 동시였다.

　발갛게 들뜬 얼굴.

　더운 입김을 뿜어내며 송지하의 품에 찰싹 달라붙어 있던 연해월의 몽롱하게 풀려 있던 눈에 이채가 어렸다. 갑자기 귓전 속으로 파고든, 기묘한 공기의 파동에 놀란 까닭이다.

　"괜찮아."

"……."

송지하가 선수를 쳤다.

일개 하오문의 중간 간부에 불과한 연해월에 비할 바가 못 될 만한 고수인 그다. 이곳에서 그리 멀지 않은 소림사 방면에서 울려 퍼진 엽자건의 일성대갈을 듣지 못했을 리 만무하다. 아주 똑똑히 간파해 냈다.

다만 그는 남궁수와 마찬가지로 그 속에 담겨 있는 감정과 기운까지도 파악해 낼 수 있었다. 그만한 무위를 지니고 있었고, 두뇌 회전 역시 민활했다.

별다른 위험은 없다!

그가 곧바로 내린 결론이었다.

당연히 지금 하고 있는 오랜만의 흐뭇하고 즐거운 일을 중단하고 싶지도 않았다. 적당히 긴장한 연해월의 얼굴을 도닥여 준 그의 손놀림이 다시 시작되었다. 더욱 노골적이고 적극적으로 변하기까지 했다.

"하음! 하아아……."

언제 눈을 동그랗게 뜨고 긴장했냐는 듯 연해월의 얼굴이 열락에 젖어들어 갔다.

엽자건이 공인한 여자에 강한 남자가 송지하였다.

당연히 얼굴이나 곰살맞은 태도만으로 그리 불릴 리 없다. 어떤 여자든 함락시킬 수 있는 정력과 방중술을 지니고 있기에 가능한 일이었다.

강약약! 중간약약!

송지하는 연해월의 몸을 탄주했고, 그녀를 자지러지게 만들었다. 여태까지 그러했듯 단호하면서도 빠른 속도로 환희와 열락 속에 빠져들게 했다.

그렇게 두 사람의 운우지정이 극에 달했을 때였다.

막 정식을 바짝 모은 채 긴장하고 있던 송지하의 미간이 슬쩍 모아졌다. 얼마 전 신경 쓰게 만들었던 엽자건의 일성대갈과는 다른 미묘한 기운을 느낀 까닭이었다.

'그냥 무시할까?'

잠시간 고민이 되었다.

그의 아래에서 알음거리고 있는 연해월은 아주 오랜만에 함락시킨 여자였다.

몸에 사리가 생길 것 같은 기분이 이러할까?

엽자건의 뒤를 따르며 천하절색이라 할 만한 미인들을 만나고도 계속 참고 있어야만 했다. 오랜만에 몸을 풀 기회를 만난 터에 끝을 보지 않고 끝내고 싶지 않은 건 당연했다.

그러나 그는 곧 마음을 고쳐먹었다.

더 이상 고민할 수 없을 만큼 그에게 전해져 오는 미묘한 기운이 확실한 색채를 띠기 시작했기 때문이다.

살기!

당장에라도 훤하게 드러난 천령혈에 구멍이 뚫릴 것 같다. 그 정도로 강렬하고 노골적인 기운이 송지하를 노리고 있었다. 압박해 왔다.

"후우!"

결국 가볍게 한숨을 내쉰 송지하가 슬그머니 연해월의 하
얀 나신에서 떨어져 나왔다. 보통의 사내에게선 보기 힘든 자
제력을 발휘했음은 물론이다.

"하아! 하아… 왜?"

연해월이 열에 들뜬 알음거림 속에서 의아로운 시선을 던
졌다. 송지하의 갑작스런 태도 변화를 이해하기 어려웠기 때
문이다. 표정이 사뭇 안타까움으로 촉촉이 젖어 있다.

'그렇게 보지 마라! 나도 안타까우니까……'

송지하가 입가에 씁쓸한 미소를 매단 채 근처에 널브러져
있던 옷을 주워 연해월에게 건네줬다. 비록 거사를 끝내진 못
했으나 먼저 여자를 챙기는 걸 잊지 않는다.

"흥! 과연 선수로군. 태도가 됐어. 하지만 그래도 내 아이
를 건든 일은 그냥 묵과하기 어렵다!"

"총순찰님?"

"이년아! 알았으면 당장 옷 주워 입고 튀어 일어나지 못
해!"

"예!"

언제 열에 들떠 있었냐는 듯 연해월이 재빨리 옷을 걸쳐 입
고 송지하에게서 후다닥 떨어져 나왔다. 그와 함께 있다가 직
속 상관인 소하에게 치도곤당할 것을 두려워한 까닭이다.

반면 송지하는 태연했다.

그는 천천히 무릎 아래에 걸쳐져 있던 바지를 끌어 올리곤 가슴에 힘을 꽉 줬다.

약동하는 근육의 움직임.

예술품이나 다름없을 만큼 멋지고 근사한 상반신이다.

특히 여자가 보기에 그러했다.

스슥!

나무에서 뛰어내린 소하 역시 그런 생각은 다르지 않은 듯 안색이 살짝 붉어졌다.

'자식이 몸 하나는 좋네. 얼굴은 기생오라비처럼 얍삽하게 생겨가지고……'

그녀가 아는 어떤 기생오라비도 송지하만 못하다. 그처럼 잘생기지 못했고, 몸매 역시 처졌다. 특급이라 할 만한 자들까지 포함해도 그러했다.

물론 그 같은 내심을 소하가 겉으로 드러낼 리 없다. 곧 인상을 굳힌 그녀가 살기를 풀풀 날리며 말했다.

"내가 처음부터 분명히 경고했었지!"

송지하는 태연하다.

"언제부터 하오문에서 자유연애를 막기 시작한 거요?"

"자유연애에?"

"그렇소. 연 소저와 나는 오늘 명산대찰의 기운을 받으며 대자연과 하나가 되었소. 두 사람의 마음이 하나로 이어졌으

니, 자유연애가 맞지 않겠소?'

"지랄한다!"

소하가 욕설과 함께 품에서 단검을 빼들었다. 당장 송지하에게 칼질이라도 할 것 같은 기세다.

'그런데 살기는 없군. 하긴 소림사가 바로 코앞인데 일개 하오문도가 날뛸 수 있을 리 없지.'

내심 피식 웃어 보인 송지하가 일부러 느긋한 동작으로 상의를 입으며 말했다.

"칼을 빼들었으면 무라도 잘라야 하지 않겠소? 내 반격하지 않을 테니 마음대로 해보시오."

"자신만만하시군!"

"적당한 자신감이라고 해둡시다. 내가 이래 봬도 암중귀도니까 말이오."

"색중귀도(色中鬼刀)가 아니고?"

"색중귀도?"

반문하는 송지하의 표정이 꽤나 혹해 보인다. 예상외로 소하가 말한 별호가 마음에 든 듯하다.

'이런 망나니 같은 놈!'

결국 소하가 두 손을 들었다. 강호의 밑바닥 인생들이 모여 있는 하오문에 속해 있는 그녀로서도 송지하를 말로 이기기란 결코 쉽지가 않다.

"엽자건, 그 자식한테 날 데려다 줘!"

"먼저 치를 대가가 있을 텐데?"

"이 짐승 같은 놈! 해월이 년도 부족해서 내 몸까지 원하는 거냐?"

"나, 빈유(貧乳)에게는 관심없다."

"빈유?"

"……."

송지하가 무심한 시선을 소하의 밋밋한 가슴 부위에 던졌다. 아주 노골적이었다.

"이 새끼가!"

소하가 빽 소리를 지르며 수중의 단검을 휘저어 보였다. 일시 사생결단이라도 할 것 같은 모습이다.

송지하는 개의치 않았다.

이미 옷도 다 걸쳐 입었겠다, 전혀 신경 쓸 것 없다는 듯 현묘한 보법으로 소하의 살검에 가까운 공격을 모조리 피해냈다. 여유, 그 자체다.

스슥!

결국 제풀에 지쳐 버린 소하가 숨을 헐떡이고 있을 때였다. 마치 놀리기라도 하려는 듯 일보가량 떨어진 곳에 멈춰 선 송지하가 다시 질문했다.

"대충 놀 만큼 놀아줬으니, 어서 본론을 털어놔라."

"미친놈!"

여전히 욕설을 입에 담고서 소하가 눈매를 가늘게 만들어 보였다. 하오문도 특유의 계산에 들어간 모습이었다.

스악!

그 순간 그녀의 귀밑머리가 한 움큼 잘려 바람에 흩날렸다. 어느새 송지하가 발도한 것이다.

더군다나 그의 직도는 어느새 소하의 목덜미에 머물러 있었다. 여전히 매력적인 미소와 함께.

"눈알 굴리지 말고 말하는 게 피차 좋지 않을까?"

"협박?"

"맞아."

태연한 대답과 함께 송지하가 지풍을 뿜어내 뒤에서 몰래 칼을 빼들려 하던 연해월의 마혈을 점혈했다. 마치 뒤에 눈이라도 달려 있는 듯한 신속 단호한 행동이다.

"총순찰!"

"쳇! 알아, 이년아!"

나직이 혀를 찬 소하가 툴툴대며 말했다.

"곤왕의 행적이 최종적으로 발견된 장소는 맹진(孟津)이다. 그곳의 작은 객점에 들러서 상당량의 건량을 구입한 후 종적이 묘연해졌더군."

"언제지?"

"한 달이 조금 넘었다."

"그런데 숭산에 도착하지 못하셨다?"

"중간에 비명횡사라도 당했나… 악!"

언뜻 비웃음을 담아 말을 잇던 소하의 입에서 짤막한 비명이 터져 나왔다. 송지하의 손바닥에 뺨을 강하게 얻어맞은 까닭이다. 턱이 덜덜 떨리는 게 꽤나 힘이 들어간 일격이다.

"……."

분노한 기색을 던지는 그녀에게 송지하가 경고하듯 말했다. 눈이 어느 때보다 차갑게 가라앉아 있었다.

"곤왕 선배님은 천하무적이시다. 감히 네년 따위가 잔망스레 입을 놀릴 분이 아니시니, 앞으론 그분을 언급할 때 항상 존경심을 담도록 해라."

'미친놈! 없는 자리에선 나라님도 욕한다는데…….'

내심 다시 욕설을 내뱉으면서도 소하는 얼른 고개를 끄덕여 보였다. 그동안 꽤나 허물없이 지내긴 했으나 송지하는 암중귀도라 불리는 중원 이대도객 중 한 명인 강자였고, 육선문의 비호를 받는 자였다. 괜스레 심사를 건드려 좋을 건 없다는 판단이 자연스레 내려질 수밖에 없다.

씩!

송지하가 다시 입가에 미소를 담았다. 그리고 다시 질문한다.

"그즈음 맹진 일대에서 일어난 특이 사항은?"

"그다지… 아! 한 가지 있었다!"

다시 살기가 드리워진 송지하의 눈빛에 소하가 빠르게 입을 놀리기 시작했다.

"맹진으로부터 얼마 떨어지지 않은 장소에서 사람이 사라지는 실종 사건이 몇 건 있었다고 하더군."

"거기가 어디지?"

"내가 설명한다고 곧바로 찾아갈 수 있겠어?"

"그것도 그렇군."

미미하게 고개를 끄덕여 보인 송지하가 갑자기 소하에게 의미심장한 미소를 던졌다. 연해월을 꼬실 때와 매우 흡사한 종류였다.

"뭐, 빈유라도 이만하면 썩 나쁜 얼굴은 아니니까."

"뭐, 뭐야! 뭐야!"

"잠시만 기다려. 내가 곧 여자로 만들어줄 테니까."

"여자? 여자로 뭘 만들어……."

"아까 후끈 달아올랐던 거 안다. 그러니까 그리 뺄 건 없어."

"…으헤엑!"

소하가 자지러지는 비명과 함께 뒤로 발랑 넘어갔다. 이미 송지하가 작업을 시작한 것이다.

'나나 먼저 끝내주지…….'

여전히 마혈이 제압된 채 넋을 놓고 서 있던 연해월의 얼굴에 씁쓸한 감정의 파편이 스쳐 갔다. 평생 가장 황홀했던 송지하와의 끝내지 못한 정사가 못내 아쉬웠기 때문이다.

지객당.

한동안 소림사에 머물러 있던 천룡영웅대가 갑자기 우르르 몰려나왔다.

이유는 자명하다.

방금 전 소림사 경내를 뒤흔들어 놓은 엽자건의 일성대갈에 하나같이 놀란 표정들이었다. 또한 경계심 역시 은은하게 흘러나왔다.

전장!

언제 적의 습격이 이뤄질지 모르는 장소다. 절대적으로 안전한 곳 역시 없다.

당연히 그런 최악의 상황 속에서 잔뼈가 굵은 천룡영웅대 역시 평상시 경계심을 놓지 않게 훈련되어 있었다. 특히 근래 최악의 상대라 할 수 있는 황천기와 피투성이 전투를 벌인 터라 더욱 그러했다.

슥! 스스슥!

지객당 앞의 공터에 삼삼오오 몰려나온 천룡영웅대의 중심에 세 명의 대주가 모습을 드러냈다. 호자조장인 유백온을 필두로 풍자조장 목진풍, 운자조장 팽도진이 품 자를 이루며 섰다.

두 대주의 시선, 모두 유백온을 향해 있었다.

"엽 대형이 어째서 갑자기 소리를 지른 건지 알겠소? 혹시 문제라도 발생한 거 아닌지 걱정되는구만."

"혹시 적들이 다시 쳐들어온 건가?"

긴장 어린 두 사람의 시선을 일제히 받은 유백온이 천천히 고개를 가로저어 보였다. 표정 역시 여느 때처럼 신중하다.

"이곳은 소림사요. 주변의 다른 승려 분들께서 별다른 준동을 보이지 않으시는 걸 보면 두 분께서 염려하신 일은 없을 거라 사료되오."

"……."

목진풍이 미미하게 고개를 끄덕여 보였다. 그 역시 내공만으로 보면 유백온에 그리 떨어지지 않는지라 소림사 경내의 움직임이 별다른 변화가 없음을 금세 간파해 낼 수 있었다.

팽도진은 오히려 더욱 의문 어린 표정이 되었다.

"그럼 어째서 엽 대주가 갑자기 소리를 지른 것이오? 이런 일은 전장에서도 그다지 없었는데……."

"그건……."

유백온이 설명을 계속하려다 눈살을 가볍게 찌푸려 보였다. 갑자기 지객당 너머, 정문 부근에서 소란이 일어났음을 눈치챈 까닭이다.

'…게다가 대충 짐작이 가는 사람의 목소리가 섞여 있지 않은가?'

목진풍 역시 간발의 차로 정문 쪽에서 나는 소란 속에 섞인 익숙한 목소리를 간파해 냈다. 표정 역시 확 급변했고.

"본인은 일이 있어서 좀 가보겠소."

"무슨?"

조장들 중 무공이 가장 떨어지는 팽도진이 의문 섞인 표정을 지어 보였으나 목진풍은 이미 신형을 날리고 있었다. 마음이 아주 급했다.

휘익!

어이없다는 표정이 된 팽도진. 그를 위로하듯 유백온이 말했다.

"정문 쪽에서 일이 생긴 것 같소."

"정문 쪽?"

그제야 내력을 운기해 기감을 확장시키던 팽도진의 인상이 살짝 일그러졌다. 비로소 목진풍이 갑작스레 신형을 날려간 이유를 눈치챈 까닭이다.

'으으, 목진풍! 그 거지 자식조차 내공이 나보다 높았을 줄이야!'

뒤늦은 깨달음이었다.

단숨에 지객당을 뛰어넘어 정문 쪽으로 달려가던 목진풍의 안색이 흙빛이 되었다.

저 멀리 보이는 정문 앞.

어느새 십수 명이나 되는 소림사 승려들이 모여 있다. 그것

도 제미곤과 계도로 무장한 무승들이 대부분이다. 평상시와
달리 나한승과 금강승같이 무공이 높은 승려들이 잔뜩 모여
있는 것이다.

이유는 뻔했다.

그들은 지금 한 명의 여인을 에워싼 채 살벌한 기운을 뿌려
대고 있었는데, 아직까지 살수를 펼치지 않은 게 다행일 만큼
분위기가 흉험했다.

'사매는 또 왜 사고를 치는 거냐! 제발 소림사를 떠날 때까
지 조용히 좀 있으면 안 되는 거냐구!'

내심의 절규와 달리 목진풍은 취팔선보의 속도를 더욱 높
였다. 수습이 어려운 대형 사고가 터지기 전에 어떻게든 사매
이가흔을 뜯어말리기 위함이었다.

그런데 그게 오히려 타오르는 불길에 기름을 부었다.

"오!"

나한승과 금강승들에 에워싸여 조금쯤 사기가 꺾여 있던
이가흔의 눈빛이 불타올랐다. 자신을 향해 신형을 날려오고
있는 목진풍을 보고 용기 백배해진 것이다.

파꽉!

자신의 앞을 가로막고 있던 나한승의 제미곤을 강하게 걷
어찬 이가흔의 신형이 물 찬 제비처럼 공중으로 솟아올랐다.

빙글!

회전 역시 빼먹지 않는다.

그렇게 함으로써 단숨에 나한승과 금강승들의 숲을 통과해 소림사의 산문을 뛰어넘으려는 의도였다.

그러나 소림사의 산문이 그리 쉽사리 뛰어넘을 수 있는 곳일 리 없다. 전혀 그렇지가 않았다.

"산진(散陣)!"

묵직한 일성과 함께 나한승들이 뒤로 물러섰다.

"개진(開陣)!"

대신 빈 공간을 채운 건 금강승들이다.

그들 중 한 명이 짤막한 일성을 발하자 멋지게 공중제비를 돌던 이가혼의 신형이 중간에 툭 하고 떨어져 내렸다. 앞으로 나선 네 명의 금강승이 펼친 사대금강진(四大金剛陣)의 기세가 흡사 반탄강기처럼 그녀를 튕겨내 버린 까닭이다.

"으으윽……."

이가혼이 늘씬한 신형을 크게 휘청거리며 신음을 흘렸다.

그럴 수밖에 없다.

공중제비에 들어간 상태에서 철벽과도 같은 반탄지기와 맞닥뜨렸다. 비록 무공의 기초가 튼튼하긴 하나 몸이 쉽사리 버텨낼 수 있을 리 만무하다.

그때 한발 늦게 목진풍이 도착했다. 이가혼의 흐트러진 모습에 표정이 썩 좋지 못하다.

"사매, 괜찮아?"

"이게 괜찮아 보여욧!"

"아니, 그런 건 아닌데……."

"그럼 어째서 당장 저 망할 중놈들을 박살 내버리지 않는 거예요?"

"…그, 그런 걸 원하는 거야?"

"당연하죠!"

"하지만 여긴 소림사인데……."

"우리가 구해준 소림사죠! 우리 천룡영웅대가 피를 흘리며 구출해 낸 곳이잖아요! 그런데 여자라고 산문 안에 들여보내 주지도 않고 있으니, 이런 망할 중놈들이 또 어딨겠어요?"

"……."

목진풍이 입을 굳게 다물었다.

그 역시 그 점은 조금 불만이었다. 아무리 소림사가 불문의 성지라곤 하나 천룡영웅대의 도움을 받은 것도 사실이었다. 여자란 이유로 이가흔이나 남궁수를 경내로 들이지 않는 건 도가 지나치단 생각을 하고 있었다.

그런데 바로 그때였다. 중간에 일이 있었는지 한발 늦게 이가흔을 따라잡은 남궁수의 담담한 목소리가 들려왔다.

"두 사람은 실례되는 말을 삼가세요. 이곳은 천룡위주님의 사문입니다."

'다행이다! 남궁 조장이 왔으니!'

'이년, 또 훼방을 놓는 거냐!'

목진풍과 이가흔이 각자의 사정이 담긴 시선을 남궁수에

게 던졌다. 꽤나 적절할 때 모습을 드러낸 까닭이다.

슥!

그사이 남궁수가 두 사람을 뒤로하고 앞으로 나섰다. 철벽같이 정문 앞을 가로막아 선 금강승들과 나한승들을 마주보고 서는 위치까지 다가선 것이다. 그리고 별빛같이 아름다운 눈빛을 그들에게 던졌다.

"소란을 일으킨 점을 먼저 사과드리겠습니다."

"아미타불!"

금강승들의 우두머리인 보심이 불호와 함께 일수합장해 보였다.

그 역시 불문에 귀의한 중이기 이전에 사람이다. 남자였다.

천하무쌍의 절세미인인 남궁수의 정중한 태도에 깊은 호감을 느끼지 않을 수 없었다. 자연히 대응 역시 이가흔을 대할 때와는 완연히 다르다.

"천룡영웅대는 위기에 빠진 소림을 구한 은인입니다. 이런 작은 일에 사과까지 하실 필요는 없습니다."

"감사합니다."

"오히려 소승이 죄송할 뿐입니다. 본 사의 계율상 남궁 시주를 산문 안으로 들이지 못함을 용서해 주시기 바랍니다."

이가흔이 분노 어린 표정이 되었다.

'이 땡중 새끼들! 사람 차별하냐! 나한테는 이런 식으로 대

하지 않았잖아!'

당장 보심에게 달려들 듯한 이가흔을 목진풍이 은근슬쩍 막아섰다. 입가에는 한숨이 살짝 묻어 있다. 자신 같아도 남궁수와 이가흔을 대함에 있어 차등을 둘 수밖에 없겠다는 생각이 들었기 때문이다.

남궁수가 말했다.

"한 가지 부탁드려도 되겠습니까?"

"말씀하십시오."

"천룡위주님께서 명하신 일 때문에 소실봉에 사람이 왔습니다. 급보인 것 같으니 그분을 불러주셨으면 합니다."

"어려운 일이 아닙니다."

보심의 입에서 흔쾌한 대답이 흘러나왔을 때였다. 그의 뒤에서 일정한 법칙에 따라 도열해 있던 나한승과 금강승들이 일제히 불호와 함께 좌우로 물러섰다.

"아미타불!"

"아미타불!"

인의 장막이 거치고 소림사의 산문 안쪽에서 엽자건이 모습을 드러냈다. 그와 함께 소림사를 구한 천룡영웅대와 더불어.

第九十六章

절대지무(絶對之武)

少林
棍王
소림곤왕

파군성 엽자건.

신무림맹의 무상이자 천룡위주인 그는 소림사에서는 한낱
속가제자에 불과했다.

적어도 전날 이곳을 떠날 때까지는 그러했다.

그러나 소림사로 다시 돌아온 그는 일만이나 되는 황천기
의 정병을 압도적인 무력으로 물리친 구원자였다. 배분을 떠
나 모든 소림승들의 마음속에 그리 각인되어져 있었다.

특히 보종의 지휘하에 수개월간이나 황천기의 정병과 맞
붙어 싸워왔던 나한승과 금강승들이 그러했다. 그들은 황천
기 정병들이 얼마나 막강한지를 피부로 느꼈던 만큼 엽자건

을 높게 평가하고 있었다.

　—절대지무(絶對之武)!

　곤왕 유대유의 방문 이후 잃어버렸던 소림사의 명예다.
　자부심이었다.
　그런데 황천기의 정병을 박살 낸 엽자건으로 인해 다시 희망이 생겼다. 다시 찾아올 수 있다고 여기게 되었다. 반드시 그리될 것이란 믿음이 생겼다.
　그 같은 염원이 담긴 훈훈한 눈빛들의 물결!
　지객당에 들러 천룡영웅대 전체를 소집시킨 엽자건은 산문을 빠져나오며 사뭇 부담스런 표정이 되었다.
　'장생전의 어르신들도 그러시더만 왜 자꾸 나한테만 이러는 거야? 사람 부담스럽게……'
　거짓말이다.
　전혀 그리 생각하지 않았다. 보종의 제자가 되는 그 순간부터 단단히 마음먹고 있었기 때문이다. 물론 지금도 전날 곤왕 유대유와 가정제의 믿기 힘든 싸움을 떠올리면 등골이 서늘해져 오지만 말이다.
　그렇게 천천히 산문을 벗어난 엽자건의 앞에 남궁수가 빠른 걸음으로 다가들었다. 항상 맑고 투명하기만 하던 눈빛 속에 부드러운 정이 넘실거린다.

"천룡위주를 뵙습니다!"

"날 찾아온 사람이 있다고 들었소만?"

"제 모옥에 있습니다. 소림사 경내에는 들어갈 수 없다고 해서 그곳에서 기다리라 일렀습니다."

'대충 짐작이 가는군.'

엽자건이 내심 고개를 끄덕이곤 시선을 바로 뒤에 서 있던 유백온에게 던졌다. 당부할 게 있어서다.

"유 조장, 다른 조장들과 함께 천룡영웅대를 이끌고 먼저 소실봉 아래에 가 있도록 하시오. 내 볼일을 보고 곧 따라갈 테니까."

"곧바로 사천으로 출발하는 겁니까?"

"미안하게 됐소. 많이 피곤할 텐데……."

"이미 포달랍궁의 사천 침공이 시작됐다는 얘기를 들었습니다. 화급을 다투는 사안인만큼 다른 대원들도 불만은 없을 겁니다."

"고맙소."

유백온에게 한차례 고개를 끄덕여 보인 엽자건이 남궁수에게 시선을 던졌다.

"남궁 조장에겐 안내를 부탁드리겠소."

"예."

복명과 함께 고개를 살짝 숙여 보이는 남궁수를 바라보는 천룡영웅대의 시선이 자못 심상치 않았다. 사실은 그녀와 엽자건 두 사람을 한데 묶어서 아주 노골적으로 희희덕거리는 눈빛을 던졌다. 두 사람 사이가 근래 급진전되었음은 이미 천룡영웅대 일대에 좌악 소문이 퍼진 까닭이다.

물론 이를 전혀 수긍하지 않는 사람도 있다.

"나도 따라갈래!"

이가흔이 목진풍의 제지를 뚫고 앞으로 불쑥 튀어나왔다. 어떻게든 두 사람만 남겨놓을 수 없다는 의지가 얼굴에 가득 담겨 있었다.

그러나 엽자건은 단호하게 고개를 가로저었다.

"안내는 한 명이면 족하니, 이 부조장은 따라올 필요 없소."

"이익! 사람 차별하는… 으읍! 읍!"

"아하하. 엽 대형, 사매는 제가 알아서 하겠습니다. 그러니 볼일 자알 보고 오십시오."

목진풍이 얼른 나서서 진화했다. 불시에 손을 쓴 그에게 완벽하게 제압된 이가흔의 눈꼬리가 하늘을 찌를 듯했으나 일단 어떤 짓도 할 수 없었다.

이가흔과 목진풍.

철담협개의 제자이자 개방을 대표하는 양대 후기지수이나 근래 무공의 격차는 눈에 띌 정도가 되었다. 엽자건과 천살마도 이염에게 지독한 굴림을 당한 목진풍은 이미 개봉에 있을 때의 그가 아니게 된 까닭이다.

'처음부터 그렇게 강하게 좀 나갈 것이지……'

내심 목진풍에게 주먹을 불끈 쥐어 보인 엽자건이 미미하게 고개를 끄덕여 보였다.

"부탁하마."

"옙!"

목진풍의 쩌렁쩌렁 울리는 대답을 뒤로하고 엽자건이 남궁수와 함께 걸음을 옮겼다.

등 뒤로 어느새 제압에서 풀려난 이가흔에게 구타당하고 있는 목진풍의 처절한 모습이 연출되었으나 전혀 개의치 않았다. 서서히 가까워지고 있는 두 사람 사이에 굳이 끼어들고 싶지 않아서였다.

'가까워진다는 게 딱히 남녀 간의 관계는 아닌 듯도 싶긴 하지만……'

내심 부연 설명을 붙이며 엽자건이 입가에 고소를 매달았다.

의제인 목진풍의 앞날.

생각하면 생각할수록 암담하다.

잠시 후.

그동안 남궁수가 머물던 임시 모옥에 도착한 엽자건의 눈에 가벼운 이채가 어렸다.

그의 예상대로 방문자는 소하였다. 애초에 그녀의 심복인 연해월을 통해 몇 가지 지시를 내려놨기에 전혀 이상할 게 없었다.

단! 현재 그녀의 상태는 엽자건을 살짝 놀라게 만들었다.

피가 낭자한 입술에 옷차림도 평상시와 달리 꽤나 흐트러져 있다. 전형적으로 꽤나 험한 꼴을 당한 여자의 모습이다.

"어찌 된 거지?"

소하가 대수롭지 않은 표정으로 어깨를 으쓱해 보였다.

"한 남자에게 순정을 바친 여인답게 목숨을 걸고 정절을 지킨 거지. 뭐, 돌아가는 상황을 보아하니 그냥 우스운 짓거리 한 것 같기도 하지만 말야."

"돌아가는 상황?"

"송지하, 그 개자식이 한 말을 내 믿지 않았는데, 진짜 너 얼굴값 좀 하더라?"

"얼굴값?"

연이은 엽자건의 반문에 소하가 시선을 문밖에 대기하고 있는 남궁수 쪽으로 향했다. 눈빛에 살짝 붉은 기운이 감도는 게 진짜 심각할 만큼 억울해하고 있는 듯하다.

"설마 강북제일미녀를 옆에 끼고 있을 줄이야! 하긴 그러니까 나처럼 깜찍하고 귀여운 여자를 마다했을 테지만……."

"그 깜찍하고 귀여운 여자가 정절을 지키기 위해 입술을 깨물어야만 했을 일이 궁금하군."

"당연히 송지하 그 개자식의 겁탈을 피하기 위해서가 아니었겠냐!"

"겁탈?"

엽자건이 의아한 표정을 지어 보였다.

그가 아는 송지하는 천하무쌍이라 할 만큼 여자한테 강한 사내였다. 겁탈이란 단어와 결부 짓기가 그리 쉽지는 않았다. 그럴 이유가 없기 때문이다.

소하가 더욱 억울한 표정이 되었다.

"그놈을 내 말보다 더 믿는구나!"

"뭐……."

"하지만 그놈이 날 겁탈하려던 건 사실이야. 먼저 해월이 년을 꼬셔서 옷을 벗긴 후 언감생심 나까지 어찌해 보려 했다구."

"그래서?"

"뭐, 하지만 나는 본래 깜찍하고 귀여울뿐더러 의지견정한 여자라 완강하게 녀석의 마수를 거부했지. 새끼, 아주 쪽팔려 하더군."

"지하의 말을 들어봐야겠군."

"역시 내 말을 못 믿는 거냐!"

"제자니까."

"쳇!"

나직이 혀를 찬 소하가 툴툴거리며 말을 이었다.

"그 녀석은 다시 보기 힘들 거야. 날 겁탈하려다 실패한 후

곧장 산을 내려갔으니까. 사부의 여자를 건드리려다 실패했으니 무슨 낯으로 널 다시 볼 수 있겠냐?"

'누구 마음대로 사부의 여자란 건지? 아니, 그보다 지하 녀석이 애초에 그리 섬세한 성격일 리 없는데… 뭔가 내 곁을 떠나야 할 만한 일이라도 생겼나 보군.'

애초부터 소하의 말 따윈 전혀 염두에 두지 않은 결론이다.

톡톡!

손가락으로 머리 한구석을 몇 차례 건드려 보인 엽자건이 소하에게 눈짓을 던졌다. 이제 그만 본론으로 들어가 보란 의미였다.

"그래서 내가 알아보라고 했던 건 어찌 되었지? 개방과 창룡검가의 움직임은 뛰어넘어도 상관없어. 그들이 애초의 예상대로 움직인 건 이미 알고 있으니까."

'이 자식! 내가 겁탈을 당할 뻔했다는데 걱정하는 기색 하나가 없잖아! 이럴 줄 알았으면 그냥 송지하 그 개자식에게 안길 걸 그랬나?'

엽자건의 예상대로다.

송지하는 소하를 강제로 겁탈하려 하진 않았다. 그냥 연해월에게 했던 것처럼 작업을 조금 걸었을 뿐이다. 그가 자랑하는 무적의 손기술을 사용해 그녀를 함락시키려 한 것이다.

거의 성공할 뻔했다. 아주 위험했다. 최후의 순간 소하가 엽자건을 떠올리며 아랫입술을 피가 나도록 깨물지 않았다면 말이다.

피를 본 순간 송지하는 동작을 멈췄다.

그는 잘생긴 얼굴에 한차례 인상을 쓰더니, 소하에게서 떨어져 나왔다. 상대가 하오문에 속한 여인이라 해도 그 자신의 삶의 미학을 깨뜨리는 짓은 할 수 없다는 자부심의 발로였다.

물론 소하로서도 아쉬움은 있었다.

얼떨결에 완강한 저항을 하기는 했으나 송지하의 손기술은 진정 마성(魔性), 그 자체라 할 수 있었다.

대단했다. 어째서 자신과 달리 사내한테 익숙한 연해월이 그리 쉽사리 넘어갔는지 알 것 같았다. 아주 짧은 순간 만에 깊은 황홀경을 맛보여 줬다.

'망할 놈! 그런데도 결국 나는 제 놈을 위해 어려운 발걸음을 했건만……'

내심 다시 엽자건을 욕한 소하가 입술을 있는 대로 내민 채 말했다.

"다른 것도 네놈 예상대로였다."

"이미 황천기의 남은 병력들은 하남성에서 자취를 감췄다는 건가?"

"나타날 때와 다름없이 순식간에 증발해 버렸다. 그만한 병력의 움직임을 절대로 하오문에서 눈치채지 못할 리 없을 텐데 말야."

"개방에서도 비슷한 결론을 내린 것 같더군. 아마 하남성,

아니, 중원 전체에 걸쳐 후금의 황천기와 내통하고 있는 비밀 세력이 있는 걸 테지."

"단지 그런 것만으로 우리 하오문의 눈을 피할 수는……."

"상단이나 표행의 움직임까지 모조리 파악했었나?"

"…상단이나 표행?"

"그래."

"하남성에만 상단이나 표국의 숫자가 큰 것만 수십에, 중소 규모는 수백 군데가 넘는 걸 알고 하는 질문이야?"

"꽤나 많군."

"많지. 그러니 이 짧은 시간 안에 어찌 그 많은 상단과 표행을 모조리 조사할 수 있겠어?"

"맞아. 그러니 하오문이나 개방에서도 황천기의 잔존 병력의 움직임을 파악할 수 없었던 거야. 그들이 소림사를 포기한 이상 말야."

"진짜 소림사를 포기했다고 생각하는 거야?"

"병법의 기본이지. 계륵은 본래 빨리 포기하는 게 남는 거니까 말야."

"계륵?"

소하가 고개를 갸웃거리는 사이 엽자건이 싱긋 웃고는 모옥을 빠져나갔다.

황천기 잔존 병력의 소멸!

엽자건이 가장 확인하고 싶었던 정보다. 사문인 소림사의 안전이 확실해져야만 감요진을 찾으러 떠날 수 있을 터였기 때문이다.

소하가 당황한 표정으로 소리질렀다.

"그냥 가는 거냐!"

엽자건이 그녀를 돌아보며 미묘한 표정을 지어 보였다.

"지하 녀석한테 볼일 다 보고 나서 사천으로 달려오라고 전해줘."

"그 개자식 얘기는 또 왜 하는 건데?"

"……."

엽자건은 더욱 얄궂은 표정을 지어 보이곤 소하에게서 시선을 거뒀다. 더 이상 그녀에게 확인할 사항은 없다는 판단을 내린 까닭이다.

'그 사부에 그 제자란 건가? 송지하 그 개자식이 해월이랑 떠나기 전에 절대 사부는 내 말을 믿지 않을 거라고 하더니, 정말 그렇잖아!'

눈앞에서 멀어져 가는 엽자건을 물끄러미 바라보던 소하가 입가에 깊은 한숨을 매달았다.

이런 정도의 외면은 문제도 아니다.

악착같이 달라붙어서 결국 자신을 돌아보게 만들 자신이 있었다. 먼저 여자로서 절대 이길 수 없을 것 같은 남궁수를 만나지 않았다면 말이다.

모옥에서 십 장가량 떨어진 장소.

엽자건을 들여보낸 후 주변을 경계하고 있던 남궁수가 언뜻 긴장된 표정을 짓더니, 곧바로 발검에 들어갔다.

스팟!

그녀의 애검 청류하가 순식간에 공간을 십자로 종횡했다. 정확히 막 모옥을 빠져나오던 엽자건과 자신과의 중간 지점을 한기 서린 검기로 양단해 냈다.

천망일단!

창룡육격참의 첫 번째 초식이 네 번에 걸쳐 연환을 일으켰다. 그런 식으로 빠르면서도 변화를 깃들인 검초식을 형성해 냈다. 엽자건으로서도 처음 보는 변식!

그러나 남궁수의 예상보다 상대는 더욱 강했다.

화라락!

일순 그녀의 눈앞에서 혈접 한 마리가 공중으로 날아오르더니 순식간에 수백 마리로 화했다.

혈호접무.

그다음은 환마무혼경의 은신술이다. 단숨에 대기를 꽁꽁 얼려 버린 남궁수의 검세를 뚫어버린다. 그녀를 뛰어넘어 엽자건의 앞에까지 이른 것이다.

그야말로 찰나 만에 벌어진 변화!

티앙!

다시 변화를 보이려던 남궁수의 청류하를 엽자건이 탄지

신통의 방식으로 가볍게 밀어냈다. 그녀보다 빠르게 환마무흔경을 이용해 다가든 게 환월임을 알아본 까닭이다.

"급변이 일어난 건가?"

어느새 붉은 나비와 같던 환술을 풀고 진체를 드러낸 환월이 부복과 함께 대답했다. 남궁수의 창룡육격참을 가볍게 제친 것도 놀라우나 평상시보다 더욱 표정의 동요가 없는 게 엽자건의 눈길을 잡아끌었다.

"예, 소실봉을 내려가던 천룡영웅대가 습격을 당했습니다."

"소수의 기습이었겠군, 피해는?"

"제대로 파악치 못했습니다."

"네가 파악할 수 없을 정도의 적이었다는 거냐?"

"기습을 한 자들보다 하늘에서 떨어져 내리던 화살이 무서웠습니다."

'그자로구나!'

엽자건의 눈에 신광이 어렸다.

소림사의 주력과 조우하기 직전에 날아들었던 말도 안 되는 위력의 화살!

절대지경에 이른 엽자건을 거의 죽일 뻔했다. 평생 처음 보는 위력이 담겨져 있었다.

그렇다면 큰일이다. 그가 빠진 천룡영웅대에서 그 화살을 막아낼 자는 없었다. 황천기의 수천이 넘는 잔존 병력만을 생각하다 완전히 허를 찔리고 만 것이다.

슉!

빠르게 염두를 굴린 엽자건이 곧바로 신형을 공중으로 띄워 올렸다. 급하다는 판단이었다.

"남궁 조장과 환월은 곧바로 천룡영웅대와 합류하도록! 나는 우회해서 화살을 쏘는 자를 잡으러 간다!"

"예."

"예."

환월과 남궁수가 복명과 함께 각자 움직임을 보이기 시작했다. 이미 엽자건이 쏜살같이 하늘로 치솟아오른 것과 동시의 일이었다.

*   *   *

히이이이힝!

연해월과 함께 검은색 준마에 올라탄 채 숭산을 떠나가던 송지하가 문득 고개를 돌렸다.

언제나와 다름없이 옅은 안개에 덮여 있는 소담스런 산봉.

오악이란 이름이 무색할 만큼 소담스런 숭산의 산봉우리가 일순 불길한 기운에 휩싸인 듯 보였다. 초절정 급이라 할 수 있는 그의 기감이 움직였음이 분명하다.

흔들!

그러나 송지하는 고개를 가로저었다. 자신이 굳이 돌아가야 할 이유를 찾기 힘들었기 때문이다.

'사부, 아니, 엽 대형, 미안하게 됐소. 하지만 어차피 인생, 한 방 아니오? 내 어떻게든 곤왕 선배의 제자가 되어야겠소. 그래야 엽 대형 곁에 있는 여자들한테 당당하게 작업을 걸 수 있지 않겠소? 상상급의 여자들을 엽 대형만 독식하는 건 좀 아니라고 생각하오.'

내심 엽자건에게 용서를 빈 송지하가 말에 박차를 가하자 연해월이 얼른 그의 허리에 손을 감쌌다. 은근한 코맹맹이 소리가 그 뒤를 따른다.

"아잉, 좀 살살 다뤄요. 이러다가 내가 말에서 떨어지기라도 하면 어쩌려고 그래요?"

"하하, 내게 바짝 달라붙으면 되지? 그런데 역시 몸매는 네가 소하보다 낫구나."

"짐승!"

연해월이 질색 어린 소리를 지르면서도 얼굴을 가볍게 붉혔다. 그가 한 말이 꽤나 마음에 든 까닭이다.

송지하가 계속 말에 박차를 가하며 화제를 바꿨다.

"소하만큼 하남성 지리에 밝은 게 분명할 테지?"

"물론이에요. 제가 이래 봬도 하남성 토박이라구요."

"반드시 그래야 할 거야. 곤왕 선배를 찾지 못하게 되면 내가 무척 화가 날 테니까 말야."

"제가 도움이 되지 못하면 총순찰님 역시 별로 도움이 되지 않을 거예요. 게다가……."

"게다가?"

"총순찰님과는 곧 재회하게 될 거예요."

"어째서 그렇지?"

"그야……."

잠시 말끝을 흐린 연해월이 안색을 더욱 붉힌 채 입을 굳게 다물었다. 송지하의 화려한 손기술에 촛농처럼 녹아내리던 소하에 대해 굳이 말하고 싶지 않았기 때문이다.

'…파군성 엽 공자가 비록 대단한 미남이긴 하지만 역시 정파의 제자이니, 어차피 총순찰님과 잘될 턱이 없지 않겠어? 그러니 총순찰님은 곧 마음을 바꿔서 또 다른 미남자에다 동류라 할 수 있는 송 공자를 찾게 될 거야. 뭐, 뻔하지. 본래 사내 경험 없는 여자들이 송 공자 같은 바람둥이들한테 금방 넘어가거든. 자기들은 그걸 사랑이라고 생각할 테지만 말야.'

바람둥이에게 넘어가는 여자들의 공통적인 특징!

그건 다름 아닌 뭇 꽃들을 제멋대로 날아다니며 탐닉하는 호랑나비와 같은 남자의 바람이 자신 앞에서 멈출 거라 생각하는 점이다.

착각이다. 절대 있을 수 없는 일이었다.

적어도 강호 밑바닥을 뒹굴며 사내들의 속성을 속속들이 파악했다고 자부하는 연해월은 그리 생각하고 있었다. 송지하는 그런 사내들을 대표하는 최고의 바람둥이고 말이다.

그래서 그녀는 느긋해지기로 했다.

어차피 자신 혼자서 독차지하지 못할 사내였다.

총순찰 소하 역시 마찬가지다.

그러니 애써 질투 같은 심력 소모가 극심한 일에 매달리지 않을 터였다.

'그냥 편한 여자가 될 테다. 이 꽃 저 꽃을 노닐다가 피곤해지면 쉬기 위해 날아올 그런 안식처 같은 여자가 말야. 그게 바로 조강지처(糟糠之妻)가 아니겠어?'

조강지처.

구차하고 천할 때 고생을 함께 겪어온 아내를 일컫는 말로 아주 좋은 의미다. 이런 데 쓰일 표현은 절대 아니었다. 성현들이 들으면 아주 노할 터였다.

그러나 연해월은 전혀 개의치 않았다. 그냥 제 마음대로 해석한 후 밀어붙일 작정이었다.

꼬옥!

점차 빨라지는 말의 속도에 비례해 송지하의 허리를 휘감은 손의 힘이 더욱 강해졌다. 농익을 대로 익어서 터지기 직전인 연해월의 굴곡 심한 몸 역시 더욱 밀착해 들어갔고.

다각! 다각!

천리마보다 조금 떨어질 뿐인 검은색 준마는 계속 달릴 뿐이다. 유대유의 자취가 마지막으로 감지되었다고 알려진 맹진을 향해서.

모옥을 빠져나온 소하의 표정은 살짝 굳어 있었다. 느닷없이 등장한 환월의 보고에 의해 급히 이곳을 떠나간 엽자건에게 완전히 외면당했다는 판단이었다.

"죽일 놈! 강북제일미녀도 모자라서 그런 벽안금발의 미인 계집까지 수하로 두고 있을 줄이야!"

환월의 등장은 소하에게 꽤나 큰 충격이었다. 남궁수에 버금갈 만한 미녀가 엽자건 곁에 또 있으리라곤 생각지 못했기 때문이다.

그러나 그녀는 평범한 여인이 아니었다.

곧 산산조각 난 마음의 상처와 충격을 추스른 그녀의 눈매가 가늘어졌다. 완전히 종결되었다고 여겼던 소림사와 황천기의 싸움이 새로운 양상으로 전개되기 시작했다는 생각이 들었다. 냉철하게 전황을 주도하던 엽자건이 허를 찔렸음을 자인할 만큼 급작스럽게 말이다.

'그러니 나는 이쯤에서 송지하 그 개자식이나 쫓아가야 할까나? 고래 싸움에 새우 등 터진다고, 나같이 연약한 하오문도는 이럴 때 반드시 몸을 사려야 할 테니까 말야.'

사랑과 일은 별개다.

엽자건을 아직 완전히 포기한 건 아니나 그를 위해 목숨을 걸고 싶진 않았다. 황천기같이 끔찍한 대적과 맞서 싸울 때는

가만히 뒤로 물러서서 마음속으로 응원을 보내면 그뿐이었다. 최선이었다.

"게다가 곤왕 유대유에 대한 정보는 아주 비싸다구. 송지하 개자식만 독식하게 놔둘 순 없지. 암!"

짤막한 중얼거림과 함께 소하가 총총히 모옥을 벗어났다.

물론 엽자건 등과는 완전히 다른 방향이다.

절벽을 타고 내려가는 한이 있어도 절대 안전지상주의로 하산할 생각이었다.

*　　　*　　　*

쉬아아아악!

엽자건은 금강부동보를 극한까지 일으킨 상태로 다시 공중에서 급가속에 들어갔다.

궁신탄영!

본래 일반적인 신법의 속도를 일시적으로 몇 배에 걸쳐 배가시키는 방법이나 치명적인 단점이 존재했다. 급격한 내공 소모와 아주 짧은 거리를 이동할 때만 본래의 위력을 발휘할 수 있다는 점이었다.

하지만 엽자건은 이미 절대지경에 오른 상태다. 내공의 소모 따위에 신경을 쓸 이유가 없다. 또한 짧은 이동 거리 역시 부동무상의 활용으로 간단히 뛰어넘을 수 있었다.

순식간에 십수 개로 늘어난 엽자건의 잔영!

더불어 잔영들을 쭈욱 늘어나는 형태로 만들며 엽자건은 공간을 단숨에 가로질렀다. 앞을 가로막고 있던 몇 개나 되는 숲을 뛰어넘어 소실봉이 훤하게 내려다보이는 사자바위를 향해 신형을 날려갔다.

그런데 막 사자바위가 보일락 말락 할 때였다.

피잉!

날카로운 파공성과 함께 천공에서 섬뜩한 뇌전이 날아들었다.

구름 한 점 보이지 않는 백주 대낮이다.

마른하늘에 날벼락 같은 게 떨어질 리 만무했다. 특히 엽자건을 노린 것처럼 말이다.

'역시 이곳이었군!'

엽자건이 내심 눈을 빛내며 공중에서 신형을 좌우로 흔들어 보였다. 부동무상이다.

동시에 전개된 여영수형퇴!

그를 노리며 떨어져 내린 천공의 뇌전을 향해 족히 수백 개가 넘는 각영이 날아들었다. 연달아 걷어차서 벼락같은 속도를 줄이고, 거의 직각을 이루고 있던 각도를 사선으로 기울게 만들었다.

그다음은 탄지신통!

챙!

날카로운 격타음과 함께 전날 이미 한차례 낚아채 본 적이 있던 화살이 엽자건의 수중에 들어왔다.

물론 이번에는 바닥에 처박히는 볼썽사나운 꼴은 없었다.

그냥 낚아챘을 뿐이다.

빙글!

더불어 공중제비를 돈 엽자건이 부근의 소나무를 박차고 또다시 궁신탄영에 들어갔다. 이번에는 속도가 두 배다.

쉬아아아악!

순식간에 사자바위가 다가든다. 가까워져 온다. 이미 힘을 빌려줬던 소나무는 까마득하게 뒤로 밀려나고 있었다. 무시무시한 속도다.

'이 자식, 내가 없는 틈에 천룡영웅대를 암습했다고? 어디 활솜씨만큼 다른 무공도 대단한지 보자!'

어느새 손에 들려진 천간검!

바로 육합참마도형을 거미줄처럼 뿜어내어 일종의 검망(劍鋩)을 만들어내고 있었다. 근거리에서 다시 화살이 날아들 때를 위한 대비였다.

그러나 막 엽자건이 사자바위 위에 내려섰을 때였다.

촤락! 차차차차착!

날카로운 기음과 함께 수백 개가 족히 넘어 보이는 기관들이 발동했다.

다리를 걸어오는 쇠사슬!

수십 가지가 넘는 도검류가 날아들고 정교하게 장치된 연노에선 소형의 강전까지 발사되었다. 수백 발이 넘는다. 미칠 듯한 속도로 날아든다. 아주 작정하고 퍼부어왔다.

"켁!"

엽자건의 입에서 가래 끓는 소리가 터져 나왔다.

이 광경 익숙하다. 그가 평상시 꽤나 즐겨 사용하던 맹수몰이의 방법 중 하나였기 때문이다.

얼마나 지독스러운지도 잘 안다.

전장에서 낙오하거나, 꼬여낸 고강한 무공의 장수를 죽이기 위해 고안된 방법이니 당연하다. 특히 눈에 보이는 것보다 은밀히 준비된 암격이 무섭다.

'일테면 이런 것이지!'

엽자건이 미리 준비해 뒀던 육합참마도형의 검망을 있는 대로 증폭시켜 첫 번째 공격을 파훼하곤, 곧바로 삼절곤의 형태로 존재하던 삼절마곤으로 전신을 휘감았다.

특히 사각이라 할 수 있는 부위인 뒤통수와 등판, 허벅지 등을 뱀처럼 휘감아갔다. 천간검으로 검망을 증폭시킨 것과 동시에 벌인 일이다.

파창! 파창창!

과연 탁월한 선견지명이었다.

뱀처럼 엽자건의 사각지대를 휘감은 삼절마곤이 정교하게 날아든 륜 형의 암기들을 튕겨냈다. 눈을 비롯한 오감을 일제히 마비시킬 만큼 화려한 기관의 틈을 노린 공격답게 손맛이 짜릿하다. 웬만한 호신강기 정도는 종잇장처럼 찢어발길 만한 마병이었음이 분명하다.

휘리리리릭!

그러나 다시 엽자건의 삼절마곤이 회전을 보였을 때다.

놀랍게도 튕겨진 상태에서도 기괴한 궤적을 만들어내며 다시 공격해 들어오던 류 형의 암기들이 일제히 폭발해 버렸다. 어느새 하나로 결합된 삼절마곤에 담긴 곤압에 휘말려 버린 까닭이었다.

무시무시한 위력!

일수유 만에 난장판이 되어버린 사자바위 위에 홀로 우뚝 선 엽자건이 눈살을 찌푸려 보였다. 자신에게 활을 쐈던 암습자가 흔적조차 보이지 않았기 때문이다. 애초에 사자바위가 아니라 다른 곳에서 활을 쐈음이 분명하다.

'완전히 당했군. 애초부터 날 이곳으로 유인하기 위해 화살의 방향을 조정해 날린 거야. 그런데 그런 궁술이 가능키는 한 건가?'

만약 가능하다면 결론은 단 하나다.

이기어검과 동급의 경지의 궁술. 이기어시라 불러야 할지도 모르겠다. 본 적도 없고 들어본 바도 없지만.

툭툭!

문득 엽자건이 자신의 뒤통수를 손으로 때렸다. 대병을 빼

돌리고 소수로 맹수잡이를 펼칠 정도의 병법가다. 실패했을 시를 위한 후속 대비책을 마련해 놓지 않았을 리 없다.

"망할!"

엽자건이 욕설과 함께 다시 금강부동보를 펼쳤다. 훤하게 내려다보이는 소실봉 아래에서 벌어지고 있는 난장판을 어떻게든 막기 위함이었다.

*   *   *

소실봉을 내려온 엽자건을 맞은 건 하나같이 피칠갑을 하고 있는 천룡영웅대의 간부들이었다.

물론 더욱 심각한 자들도 있었다.

운자조 조장 팽도진은 휘하 조원들의 호위 속에 자신의 피로 붉게 물든 바닥에 주저앉아 있었다.

운기조식 중이 아니다.

가슴에 화살을 관통당한 그는 안색이 하얗게 질린 게 이미 몸속에 있던 피의 태반을 잃어버린 듯하다. 요상 자체를 할 수 없을 만큼 심각한 중상을 당한 것이다.

풍자조 조장 목진풍의 상태 역시 그리 좋진 못했다. 어깨와 허벅지가 피투성이인 그는 절반쯤 넋이 나가 있었다. 극도로 심각한 정신적인 충격을 받은 것 같다. 쾌활하고 대범한 그의 성격상 상상키 어려운 일이었다.

그나마 사정이 조금 나은 건 언제나와 같이 호자조장이자 중군을 맡은 유백온이었다. 뺨에 한 치가량의 기다란 상처가 난 외엔 멀쩡해 보인다.

착각이었다.

엽자건이 도착한 걸 확인한 그가 입에서 검붉은 핏덩이를 몇 차례에 걸쳐 토해냈다. 극심한 내상을 당하고서도 천룡영웅대 전체의 사기를 위해 내내 억누르고 있었음이 분명하다.

슥!

엽자건이 다가서자 역시 뒤늦게 도착해서 별다른 도움이 되지 못한 남궁수가 빠른 목소리로 보고했다.

"천룡위주님, 원거리의 화살 공격과 함께 초절정 급 고수들이 기습전을 벌인 듯합니다."

"피해는?"

"죽은 자가 삼십 명에 중경상자가 육십 명쯤 되는 것 같습니다."

"……."

엽자건이 침묵 속에 주먹을 쥐었다.

완전히 허를 찔렸다. 애초에 궁수를 노리기보다 천룡영웅대를 먼저 수습했어야만 했다는 자책이 가슴을 친다.

그때 죽은 핏덩이를 토해낸 후 간신히 한숨을 돌린 유백온이 엽자건에게 다가왔다. 남궁수가 한 보고 중 빠진 부분을 보충하기 위함이었다.

"엽 대주, 이가흔 부조장이 붙잡혀 갔습니다."

"어디로?"

"서북쪽이었습니다. 아마 저들이 노리는 건……."

"날 테지."

엽자건이 차가운 중얼거림과 함께 빠른 걸음으로 목진풍에게 걸어갔다. 어느새 주먹이 활짝 펴져 있다. 사용할 일이 생겼기 때문이다.

촤악!

목진풍의 뺨이 한쪽으로 홱 돌아갔다.

다음은 배다.

퍽!

엽자건의 발에 복부를 걷어차이자 숨이 막히는 격통과 함께 목진풍의 허리가 절반으로 접혔다. 입에서는 어느새 토악질이 마구 터져 나왔다.

"대주님!"

"대주님!"

풍자조 중 목진풍의 수족이라 할 수 있는 개방 제자들이 안타까움과 당황감에 소리를 질렀으나 곧 입을 다물어야만 했다. 목진풍이 손을 들어서 그들을 강하게 제지했기 때문이다.

"더… 때려주십시오!"

"오냐!"

엽자건이 다시 발을 들어 올려 목진풍의 머리통을 걷어찼다. 내력을 담진 않았으나 아름드리나무조차 박살 낼 만한 위력이 담긴 일격이다.

"쿠억!"

비참한 꼴로 바닥을 나뒹군 목진풍이 곧 손바닥으로 바닥을 짚고서 신형을 일으켜 세웠다.

눈빛.

더 이상 흐리멍덩하지 않다. 시퍼런 예기를 되찾았다. 섬뜩한 살기와 함께.

"지금부터 전력으로 달린다. 네가 사내놈이라면 죽을 각오로 쫓아와라!"

"쫓아가지 못하면 차라리 죽겠습니다! 반드시 사매를 찾아올 겁니다!"

"좋아."

짤막한 한마디와 함께 엽자건이 유백온에게 시선을 던졌다. 전장의 한복판에서와 같이 차갑게 가라앉은 눈빛이다.

"지금부터 맹수몰이에 들어간다! 나와 남궁 조장, 목 조장이 사냥개가 될 테니, 전력을 재편해서 천라지망에 들어가도록!"

"존명!"

"맹수는 유례없을 만큼 강하다. 혼자도 아니다. 그러니 절대로 정면으로 붙어선 안 돼."

"안행진으로 대응하겠습니다."

"그래, 안행진이야!"

한차례 고개를 끄덕여 보인 엽자건이 남궁수와 목진풍에게 시선을 던지곤 수중의 삼절마곤을 뒤로 제쳤다.

병법으로 걸어온 싸움?

제대로 받아주기로 마음먹었다. 절대 이기지 않는 싸움은 시작도 하지 않는다는 스스로의 불문율조차 내팽개치고서.

第九十七章

황천지주(黃天之主)

少林棍王
소림곤왕

자존심!
알량한 그 단어가 천하를 놓고 쟁패를 벌일 만한 병법자로 하여금
말도 안 되는 짓을 저지르게 만들었다

승률?

엽자건은 절반이라 여겼다.

사부 보종을 쫓아서 전장을 전전하던 초기 이후엔 절대로 끼어들지 않을 만한 싸움이다.

반분의 승률.

얼핏 생각하기엔 꽤 그럴듯한 숫자다.

하지만 조금만 깊게 생각해 보면 완전히 엉터리임을 알 수 있다. 특히 전쟁터에선 더욱 그렇다. 죽거나 혹은 살 거나란 뜻이기 때문이다.

당연히 이런 싸움의 판세는 모호하다.

전혀 읽을 수가 없다.

언제 튀어나온 창칼이나 흘러든 유시에 맞아서 전장의 고혼으로 변할지 알 수 없다. 전장에서 잔뼈가 굵은 싸움꾼이라면 누구도 끼어들지 않을 터였다. 분명하다.

하지만 엽자건은 이번만은 그런 확률에 신경 쓰지 않기로 했다. 완전히 외면해 버렸다.

황천기를 움직이는 자!

여태까지 만나고 싸웠던 어떤 자보다 병법에 능숙하다. 어떤 의미론 엽자건이나 사부 보종을 뛰어넘을지도 모를 만큼 영악한 싸움꾼이었다.

그렇다면 답은 한 가지다.

부전(不戰)!

서로 간에 기량을 가늠했으니, 각자 군을 뒤로 물려서 적당히 싸움을 끝낸다. 그게 상승(常勝)은 아닐지라도 불패(不敗)할 수 있는 가장 확실한 방법이었다.

그런데 그자는 갑자기 선을 넘어왔다.

병법자인 주제에 무림인처럼 싸움을 걸어왔다. 전혀 전략상이나 전술상으로 이(利)가 없는 상황에서 어처구니없는 기습을 가하고 인질을 잡아갔다. 그것도 엽자건의 허를 아주 기가 막히게 찌르고서 말이다.

이런 경우는 어떻게 생각해야 할까?

엽자건은 묘하게도 곧바로 해답을 내놓을 수 있었다. 그냥 머릿속에 떠올랐다.

자존심!

알량한 그 단어가 천하를 놓고 쟁패를 벌일 만한 병법자로 하여금 말도 안 되는 짓을 저지르게 만들었다. 적어도 엽자건의 생각에는 그러했다.

그렇다면 이제 병법의 이치는 잠시 접어둬야만 한다. 병법의 오묘하고 조화로운 세상 속에 자존심이란 단어는 존재하지 않기 때문이다.

'기꺼이 뛰어들어 주도록 하지! 이 바보 같은 싸움에 말야. 물론 방식은 당연히 내 식대로겠지만… 웃!'

내심 염두를 굴리던 엽자건의 표정이 대변했다.

전력을 다해 내달리던 중이다.

마치 기다렸다는 듯 머리 위로 떨어져 내리는 천공의 강전에 오싹 소름이 돋는다. 어떻게 이렇게까지 정확하게 자신의 추격 속도를 맞출 수 있는 것일까?

토옥!

지축에서 반 치가량 떠 있던 상태 그대로 엽자건이 발끝에 힘을 줬다. 급격한 방향 전환이다.

그리고 일어난 엄청난 폭음!

엽자건이 방금 전까지 내달리고 있던 장소에 예의 기다란 강전 하나가 떨어져 내렸다. 지축 깊숙한 곳까지 파고들었다. 균열까지 일으키고서.

당연하달까?

그건 시작에 불과했다. 엽자건의 머리 위로 이번엔 한 무더기가 넘는 강전들이 떨어져 내렸다.

쇄액! 쇄쇄쇄쇄쇄쇄!

이건 비다, 화살의 비. 그것도 폭우다.

순간적으로 피하는 걸 포기한 엽자건이 수중의 삼절마곤을 휘둘렀다.

소야차 육로의 연환!

뒤이어 대야차 육로 역시 보충되어진다.

그렇게 몸 전체를 삼절마곤의 그림자로 휘어감았다. 그렇게라도 하지 않고선 절대 하늘에서 떨어져 내린 화살의 비를 감당해 낼 자신이 없었기 때문이다.

그러자 곧 사방으로 튕겨져 날아오르기 시작한 강전들.

'응?'

엽자건의 눈살이 찌푸려졌다. 삼절마곤에 전달되어져 오는 강전의 위력이 첫 번째 화살 때와는 완연히 차이가 있었다. 무언가 뒤통수가 당겨오는 느낌이 들지 않을 수 없다.

바로 그때다.

[주인, 암습입니다!]

여느 때와 마찬가지로 줄곧 엽자건의 그림자 역할에 충실하던 환월의 경호성이 귓전으로 파고들었다. 거리가 상당히 멀다. 그녀 역시 전력을 다한 엽자건의 질주를 쉬이 따라붙진 못했던 것이다.

　그러나 좋은 점도 있다.

　줄곧 앞서 내달리는 엽자건에게서 시선을 떼지 않았던 만큼 그를 향해 파고들어 오는 암습자들 역시 쉽사리 간파해 냈다. 인자의 본능이었다.

　물론 다소 늦은 감은 있었다.

　쉬악! 쉬아악!

　삼절마곤을 전력으로 휘두르느라 두 발을 지축에 고정시킬 수밖에 없었던 엽자건의 텅 빈 옆구리로 칼날이 날아들었다. 사각이라 할 수 있는 배후 역시 마찬가지다.

　기가 막힌 시간차 공격!

　파곽!

　엽자건이 허리를 급격히 앞으로 꺾으며 다섯 개나 되는 각영을 만들어냈다. 두 명의 암습자의 칼날을 여영수형퇴의 올려 차기로 모조리 날려 버린 것이다.

　그러나 바로 그때다.

　쉬악!

　절묘하게 엽자건의 굽혀진 머리 위로 강전이 떨어져 내렸다. 역시 바로 코앞에서 지켜보고 있었던 것 같은 정교한 기습이었다.

　쾅!

　재빨리 돌려 쳐진 삼절마곤에서 폭발음이 터져 나왔다.

엽자건 역시 무사하지 못하다.

그는 고개를 앞으로 숙인 상태 그대로 땅바닥에 얼굴을 파묻어야만 했다. 이번 강전의 공격은 진짜였다.

"크악!"

엽자건이 흙먼지를 입에 담은 채 버럭 소리질렀다. 이렇게 짜증나는 싸움을 벌여본 게 얼마 만인가? 기억조차 나지 않는다.

쉬악! 쉬아악!

그러거나 말거나 그를 노리며 다시 암습자들의 칼날이 날아들었다. 이놈들도 짜증나기는 마찬가지다.

티앙! 탕!

엽자건이 나려타곤의 식으로 바닥을 구르며 손가락을 연달아 튕겨냈다. 탄지신통이다. 그렇게 독사처럼 파고들던 칼날 두 개를 가까스로 밀어냈다.

발 역시 쉬진 않는다.

파곽!

바닥을 향해 발끝을 밀어 찬 엽자건의 신형이 단숨에 바로 세워졌다. 다시 여형수형퇴를 사용한 것이다. 더불어 삼절마곤 역시 폭풍과 같은 무형의 곤압을 뿌려낸다.

부아앙!

엽자건을 향해 또다시 칼날을 날려대던 두 명의 암습자가 거의 동시에 뒤로 날아가 버렸다. 작은 규모의 용권풍(龍捲

風)에 휘말렸으니 어쩌면 당연한 결과다.

"크억!"

"쿨럭!"

그 뒤 터져 나온 신음과 핏덩이가 섞인 기침은 암습자들이 이미 상당한 정도의 내상을 당했음을 확인시켜 준다. 엽자건조차 놀라게 만들었던 시간차 공격과 암습이 펼쳐졌음에도 별다른 소득을 얻지 못한 것이다.

아니다, 그렇지 않았다.

[주인님!]

다시 귓속으로 날아든 환월의 목소리가 비명과 같은 뾰족함을 드러낸 것과 동시였다.

콰득!

다시 삼절마곤을 휘두르려던 엽자건의 몸이 그대로 땅속으로 파묻혀 들어가 버렸다.

순식간에 벌어진 말도 안 되는 이변!

그러나 엽자건이 땅속에 파묻히며 일어난 자욱한 먼지구름이 걷히자 곧 모든 사정이 설명되었다. 놀랍게도 황천기주가 미소 띤 얼굴을 한 채 모습을 드러내고 있었으니 말이다.

"제법 애를 먹였구나. 하지만 어차피 어린놈. 병법을 안다고 해봐야 몇 개의 잔수를 깨우친 것으론 한계가 명확할 뿐인 게지."

"……"

엽자건에게서 반론은 흘러나오지 않았다. 반격 역시 없었다. 몇 발의 강전으로 의식의 흐름을 흐트러뜨린 후 펼친 단 일격이 결정타가 된 까닭이다.

물론 아직 싸움은 끝난 것이 아니었다. 적어도 환월은 그리 생각하고 있었다.

파라락!

한발 늦게 엽자건을 따라잡은 환월이 어느새 붉은 나비가 되었다.

혈호접무!

그다음은 환마무흔경의 은밀한 이동과 함께 펼쳐진 천겁(千劫)의 수법이다. 지니고 있던 모든 수라표를 일제히 비산시켜 황천기주를 뒤로 물러서게 만들려 한 것이다.

위위구조다.

어떻게든 엽자건을 구하기 위해 그녀는 최선을 다했다.

그러나 황천기주는 엽자건이 내심 탄복했을 만큼 병법에 능한 사람이었다. 환월의 갑작스런 공격이 무얼 의미하는지를 모를 리 만무했다.

"귀엽구나."

무심한 미소와 함께 황천기주가 손을 들어 올렸다. 그러자 순간적으로 그의 전신을 휘어감으며 방전되듯 일어난 수십 가닥의 뇌전!

"악!"

비산하는 수라표 속에 자신을 숨긴 채 거의 황천기주의 코 앞까지 다가들었던 환월의 입에서 짤막한 비명이 터져 나왔다. 이미 환마무흔경은 완전히 깨져 버리고 수백 개가 넘던 수라표 역시 사방으로 흩어져 버렸다.

게다가 그것만으로 끝일 리 없다.

악문 입에서 핏물을 흘리면서도 암검과 묵도를 빼들려던 환월을 향해 황천기주가 불쑥 엄지손가락을 내밀었다.

번뜩이는 붉은 뇌광!

대종교 마황십도 중 하나인 혈천강살에 이어 풍운뇌벽이 환월을 노렸다. 그녀의 목숨을 단숨에 앗아버리려 했다.

"그런 짓은 곤란하지!"

"허?"

황천기주의 입에서 짤막한 탄성이 터져 나왔다. 그가 발휘하고 있던 기갑호신(氣甲護身)의 만근경(萬斤勁)에 짓눌려 있던 엽자건이 터뜨린 일갈이 심사를 건드렸다. 설마하니 그가 다시 부활할 줄은 몰랐기 때문이다.

'이미 절대지경에 올랐다는 건가? 이 젊은 나이에!'

믿기 힘든 일이다.

천하무쌍의 기재라 자부하던 그조차 절대지경에 오른 건 사십이 넘어서였다. 그것도 마도의 전설이자 신이라 불리는 대종교의 대존주 대막마신을 사부로 삼아 마황십도를 연성했기에 가능한 성취였다.

당연히 그는 내심 자신을 능가하거나 동수의 무위를 지닌 건 오로지 사부 대막마신과 곤왕 유대유, 대법대불왕, 천기마야 정도라 여겼다. 그 외엔 모두 눈 아래에 두고 있었다는 의미다. 진짜 그럴 만한 능력 역시 갖추고 있었고.

'역시 삭초제근해야 할 놈이었다는 거로군. 어쩐지 처음 봤을 때부터 묘하게 신경에 거슬렸더란 말이지.'

내심 살소를 터뜨린 황천기주가 발끝에 더욱 힘을 가했다. 기갑호신상의 만근경을 더욱 집중시켜 부활한 엽자건을 아예 땅속에서 짓뭉개 버릴 심산이었다.

그러나 이미 엽자건 역시 대비책을 강구하고 있었다. 사실은 느닷없이 당한 강대한 타격에 놓아버렸던 정신 줄을 회복한 것과 동시에 준비를 끝마친 상태였다.

슉!

귀를 거슬리게 하는 기음과 함께 천간검이 육합참마도형을 이루며 튀어 올랐다.

목표는 바로 황천기주의 하체다. 그를 아예 두 쪽 낼 기세로 땅거죽을 뚫고 섬전같이 솟구쳐 올랐다.

이기어검이나 다름없는 기세!

'이런 식으로 내 만근경에서 탈출하겠다? 주제 파악이 안 되는 놈이로구나!'

내심 눈을 빛낸 황천기주가 가볍게 신형을 띄워 올렸다. 만근경을 푼 건 아니다. 여전히 강력한 압력을 유지한 채 천간검의 공격을 피해낸 것이다.

뿐만 아니다.

환월을 압도한 채 그의 엄지손가락에 맺혀 있던 풍운뇌벽의 붉은 뇌광이 천간검을 향했다. 아예 천간검을 날린 엽자건 자체를 뇌광으로 태워 버리려는 의도.

번쩍!

과연 천간검이 일시 엄청난 빛무리에 휩싸였다. 눈을 못 뜰만큼 눈부신 빛을 발산한다. 그리고 당장에라도 녹아내릴 듯 붉게 달아올라 버린다.

한데, 갑자기 황천기주가 생각지 못했던 이변이 발생했다.

심상치 않은 군기!

점차 사방에서 조여들어 오기 시작했다. 최대한 은밀하게 기운을 숨긴 채로 말이다.

'양동 작전?'

그때 호시탐탐 기회를 엿보고 있던 환월이 암도와 묵검을 교차한 채 맹렬히 달려들었다. 황천기주의 정신이 분산된 틈을 노린 기습 공격이었다.

게다가 이번엔 그녀 혼자가 아니었다.

조용히 모습을 드러낸 남궁수가 쾌속하고 한기 서린 검강을 일으킨 채 배후로 파고들었다. 이미 내상을 당한 천풍십사두 명을 베어버린 직후였다.

"허!"

나직한 탄성과 함께 황천기주가 다시 신형을 위로 떠워 올렸다. 엽자건을 노리던 풍운뇌벽을 두 여인에게 아낌없이 쏟아내었음은 물론이다.

"으음!"

"크윽!"

그 결과 남궁수와 환월이 동시에 바닥으론 나뒹굴었다. 특히 환월의 상세가 위중하다. 황천기주의 개세마공을 두 차례에 걸쳐 맞받은 까닭이다.

그리고 그때 또다시 급변이 일어났다.

우아할 만큼 가볍게 바닥으로 내려서던 황천기주가 거센 용권풍에 휘말려 버렸다. 그것도 땅속에서 튀어 올라온 소용돌이가 그런 말도 안 되는 상황을 야기시켜 버렸다.

"크헉!"

황천기주의 입에서 처음으로 다급한 신음이 터져 나왔다. 그만큼 그가 느낀 당혹감은 극심했다. 설마 땅속에서 용권풍이 솟구쳐 오를 거라 누가 예상인들 할 수 있겠는가.

그러나 그의 경악은 조금 일렀다.

푸확!

땅속에서 이번엔 토인(土人)이 튀어 올랐다. 누런 흙먼지에 오공이 막힌 상태로 엽자건이 오호파천곤을 펼친 것이다. 정확하게 용권풍에 휘말려 뒤로 물러선 황천기주를 향해서 말이다.

부아앙!

삼절마곤에서 일어난 무형곤의 기운이 단숨에 황천기주의 전신을 격타해 갔다. 아주 맹폭을 가해 버렸다. 몸 전체를 완전무결하게 휘감은 채.

그런데 이게 어찌 된 일인가!

삼절마곤이 만들어낸 오호파천곤에 얻어맞은 황천기주에게서 철벽을 두드리는 듯한 굉음이 터져 나왔다. 반동 역시 만만찮다. 흡사 맨손으로 바위를 내려친 것만 같다.

'호신강기? 소림의 금강불괴체신공보다도 더 지독하잖아!'

내심 혀를 내두른 엽자건이 삼절마곤과 함께 뒤로 몇 걸음 물러섰다. 점차 황천기주에게서 일어나는 반탄력이 강해져서 더 이상 버텨낼 수 없다는 판단이었다.

스스슥!

낭패를 겪은 건 황천기주 역시 마찬가지다.

그는 오호파천곤에 휘말린 순간 기갑호신을 극한까지 일으켰으나 상당한 내상을 당했다. 체내로 침투해 온 무형곤기에 내장이 뒤틀리고 진기가 불순해진 것이다. 대종교의 성전을 떠난 후 처음 겪은 굴욕.

꿀꺽!

목구멍으로 넘어오려던 핏덩이를 삼킨 황천기주의 안광이 뜨겁게 불타올랐다. 여전히 토인의 행색인 엽자건에 대한 살기를 억누르기가 꽤나 쉽지 않다.

싱긋!

엽자건이 은연중 반신이 마비되는 걸 느끼며 입가에 흐릿한 미소를 담았다. 눈빛은 여전히 차갑다.

"당신, 진짜 강하군. 나는 엽자건. 소림사의 제자요."

"당신?"

문득 기가 막힌다는 표정을 지어 보인 황천기주가 역시 입꼬리를 살짝 치켜올렸다. 이미 뜨겁게 타오르던 눈빛은 절반이상 식어버렸다.

"나는 황천지주(黃天之主). 후금 황천기의 주인이다."

"오!"

엽자건이 천천히 고개를 끄덕여 보였다. 대충 예상했던 바이긴 하나 당사자에게 직접 들으니 감흥이 새롭다. 어째서 이렇게까지 자신을 애먹였는지도 대충 짐작이 가고 말이다.

황천기주의 입꼬리가 치켜 올라갔다.

"그다지 놀라지 않는군. 하긴 어차피 곧 내 손에 죽을 놈이니……."

"너무 일찍 장담하진 마시오."

"…장담?"

"당신 정도면 이미 간파했을 거요. 이곳으로 내 수하들이 몰려오고 있다는 걸. 뭐, 당신도 적당히 대비책 정도는 세워놨겠지만 너무 시간을 많이 끌었소."

"확실히! 네놈이 이리 구더기처럼 질길 줄은 몰랐다. 하지만 지금이라도 늦진 않았지."

"늦었소!"

엽자건이 차가운 일갈과 함께 다시 삼절마곤을 들어 올렸다. 기갑호신의 반탄지기에 마비됐던 감각이 돌아온 것과 동시의 일이었다.

물론 이는 황천기주 역시 마찬가지다.

어느새 내상을 안정시키는 데 성공한 그의 전신에서 수백 가닥의 전뇌가 형성되었다. 기갑호신의 외벽에다 혈천강살을 덧씌운 것이다.

                    *   *   *

스아악!

허리를 훑고 지나간 검날이 던져주는 선뜩한 기운에 목진풍이 이를 악물었다.

혈인(血人).

딱 현재 그의 모습이다.

엽자건의 명에 의해 중간에 따로 떨어져 나온 목진풍은 앞장서서 추종술을 발휘하던 환월의 인도에 의해 금세 납치된 이가흔을 찾아낼 수 있었다. 예상 밖으로 흔적을 많이 남겨놓은 까닭이었다.

이유는 단순했다.

애초에 이가흔을 납치한 건 천룡영웅대의 병력을 분산시킨 상태에서 엽자건을 제거하기 위함이었다. 이미 엽자건이 함정에 걸려든 이상 굳이 계속 혹덩이를 달고 다닐 필요는 없었다. 중간에 그녀를 따로 떼어놓은 건 바로 그 때문이었다.

물론 그냥은 아니다.

이가흔을 맡은 자는 천풍십사의 수장인 일사였다. 중간에 엽자건으로부터 떨어져 나온 병력의 수장들을 각개격파하는 게 그가 맡은 주임무였다. 지금 한 명 걸려들었고 말이다.

'제법 버티는군. 내공이 특히 대단해. 초식의 정교함이 떨어질 뿐 이미 내공의 경지는 초절정 급이라 할 만해.'

일사는 눈앞에서 피투성이가 된 채 헐떡이고 있는 목진풍을 냉정하게 바라봤다.

이가흔을 납치한 건 바로 그였다.

당연히 눈앞의 목진풍과 그녀의 무공 체계가 동일함을 단숨에 간파해 냈다.

그래서 조금 쉬웠다.

그는 단 몇 번의 칼질로 눈앞의 목진풍을 혈인으로 만들었다. 이미 크게 흥분한 상태인데다 초식의 정교함이 떨어지니, 쉽사리 끝장낼 수 있다 여겼다.

그런데 의외랄까?

목진풍은 상당히 끈질겼다. 어렵게 어렵게 몇 차례 치명상을 피해내더니, 점차 일사와의 거리를 좁혀 들어왔다. 몸빵으로 서서히 압박을 가해오기 시작한 것이다.

방금 전만 해도 그렇다.

다시 옆구리에 한칼을 먹이긴 했으나 일사는 자칫 목진풍의 청죽봉에 얼굴이 박살 날 뻔했다.

살을 주고 뼈를 베는 방식!

전장에서 잔뼈가 굵은 일사가 아니었으면 피하기 쉽지 않았을 만한 일격이다. 또한 곧바로 후속 공격이 있었다. 마치 고통을 전혀 느끼지 못하는 것처럼 목진풍이 다시 청죽봉을 휘둘러 온 것이다.

파팟! 파파파파팟!

또다시 얼굴을 노리는 청죽봉의 매서운 봉영에 일사의 눈매가 가늘어졌다.

벌써 세 번째다.

'어떻게 이리 멍청할 수 있을까? 이런 식의 막무가내 공격은 고통만을 남긴다는 걸 이미 몇 차례에 걸쳐 교육했다. 그런데 전혀 버릇을 고치지 못하니 한심한 생각까지 든다.

'역시 그냥 바보였던가? 내공이 아깝구나!'

내심 냉소를 지어 보인 일사가 수중의 검날을 횡으로 가라앉혔다. 머리를 노리는 봉영을 경쾌한 상반신의 움직임만으로 흘려보낸 후 벌써 코앞까지 이른 목진풍의 허리를 다시 베어갔다.

아니다.

진짜 그가 노리는 건 목진풍의 손목이었다. 다시 청죽봉을 휘두르지 못하게 만들려는 의도.

쉬악!

허리를 향하던 검날이 갑자기 수직으로 변화를 보였다. 번개 같은 속도로 회전을 보이더니, 직각으로 꺾어서 위로 올라갔다. 중원 무림에서는 상상키 어려운 변화.

그러나 바로 지금이야말로 혈인으로 화해 있던 목진풍이 기다리고 기다리던 때였다. 거의 완벽하게 검과 자신을 일치시키고 있던 일사가 스스로 파탄을 드러내는 때 말이다.

패앵!

갑자기 목진풍이 청죽봉을 손에서 났다.

전장에서는 결코 있을 수 없는 행동을 한 것이다. 덕분에 손목이 잘리는 건 면했지만.

이유는 자명했다.

우릉!

순간적으로 적수공권이 된 목진풍이 쌍장을 가슴팍까지 끌어 모았다가 벽력같이 앞으로 밀어냈다. 아직 제대로 된 비결을 얻지 못한 타구봉법을 포기한 대신 구성에 이른 강룡장으로 승부를 결하려 한 것이었다.

항룡유회!

일사조차 감탄했던 초절정 급의 내력으로 일체화가 깨진

검날을 날려보낸 그의 신형이 횡으로 회전을 보였다. 그리고 다시 노룡패미다.

콰득!

뒤로 회전하는 것과 동시에 갑작스레 뿜어져 나온 그의 강룡장에 일사의 머리가 함몰되었다. 어떻게 된 일인지도 모르는 새 그리되어 버렸다.

털썩!

머리가 박살 난 채 고정되어 버린 일사를 앞에 둔 목진풍이 엉덩방아를 찧었다. 그리고 입에서 단내가 풀풀 풍겨 나오는 호흡이 연신 터져 나온다.

"허억! 허억! 허억……."

엽자건과 항상 함께하던 전장!

그 끔찍한 격전장에서도 항상 최소한의 부상만을 당하던 목진풍이다. 이런 피투성이 싸움을 줄곧 피해왔다는 뜻이다. 성격상 그럴 수밖에 없었다.

그러나 지금은 다르다.

그는 극한까지 힘을 쥐어짜 내 일사를 죽였고, 지금 지극한 피로감을 느끼고 있었다. 피를 하도 흘려서 눈앞이 희뿌옇게 보일 지경이었다. 그만큼 극심한 부상을 당한 것이다.

그는 다시 이를 악물었다.

지금은 정신 줄을 놓거나 쉴 때가 아니었다. 마혈이 점혈된 채 한켠에 내동댕이쳐져 있던 이가혼을 아직 구하지 못한 까닭이다.

"크으!"

갑자기 둑 터진 물처럼 밀려들기 시작한 고통에 자신도 모르게 신음을 흘린 목진풍이 얼른 이가혼에게 다가들었다. 피에 젖은 얼굴을 연신 소매로 닦아내는 게 평상시와 전혀 다름이 없다. 그저 잘 보이고 싶다는 생각에 입가엔 바보스런 미소 역시 매달려 있다.

한데, 그가 막 이가혼 곁에 다가들었을 때였다.

푸슉!

이가혼의 바로 앞 땅거죽을 뚫고 단창 하나가 튀어나왔다. 정확히 목진풍의 가슴을 관통해 버렸다.

"쿨럭!"

목진풍의 입에서 피화살이 터져 나왔다.

이런 식의 암습은 예상조차 못했다. 일사와 생사결전을 벌이는 동안 단 한 번도 합공을 당하지 않았기 때문이다.

그러나 단창이 빠져나갈 때였다.

파악!

수도로 단창을 두 동강 낸 그의 강룡장이 다시 암습자를 노렸다.

쾅!

피분수가 튀어 올랐다. 설마하니 심장 부위를 관통당한 목진풍이 곧바로 반격을 감행할 수 있을 거라곤 상상조차 하지 못했으리라.

"목 사형!"

거의 엉금엉금 바닥을 기어와 마혈을 해혈해 준 목진풍을 이가흔이 얼른 품에 안았다.

격렬한 헐떡거림.

당장에라도 숨이 멈출 듯하다. 심장을 꿰뚫렸으니 당연하다. 여태까지 살아 있는 게 의아스러울 정도다.

"......"

그런 목진풍의 피투성이가 된 얼굴을 빤히 바라보던 이가흔이 갑자기 그의 심장을 관통한 창을 뽑아냈다. 당장 숨이 멈출지도 모를 짓을 서슴지 않고 저지른 것이다.

"쿠억!"

목진풍의 입에서 다시 피화살이 튀어나왔다. 그를 향해 고개를 숙이고 있던 이가흔의 얼굴을 단숨에 붉게 물들인다.

이가흔은 개의치 않았다.

피를 뭉클거리며 쏟아내기 시작한 가슴의 상처에 금창약을 쏟아붓곤 인근 혈도를 막는 등 치료에 집중했다. 목진풍이 심장을 꿰뚫린 상태임을 전혀 감안하지 않고 있는 듯하다.

이유는 곧 밝혀졌다.

부욱!

마지막으로 자신의 치맛단을 찢어서 목진풍의 상처 부위를 단단히 봉합한 그녀가 퉁명스런 목소리로 말했다.

"치료 끝. 제 죽을지도 모르고 달려드는 꼴이라니! 사형 심장 위치가 정상인과는 다른 장소에 있지 않았다면 큰일 날 뻔했잖아요? 만약 할아버님이 아신다면 목 사형에게 반드시 치도곤을 내리실 거예요!"

"사, 사매, 그건 너무……."

"심하다고요?"

"그, 그래. 나는 그래도 사매를 구하려고 목숨까지 걸었는데……."

"또 그러기만 해봐요! 내가 절대로 용서하지 않을……."

말을 잇던 이가혼이 눈물을 주르륵 쏟아냈다. 목진풍의 얼굴 위로 뚝뚝 떨어져 내린다.

"사, 사매, 미안해! 내가 잘못했어! 정말 잘못했으니까 용서해 줘……."

"……."

연신 고개를 꾸벅거리며 사과하는 목진풍의 모습에 이가혼이 피식 웃어 보였다. 울다가 웃어버린 것이다. 목진풍과 함께 있을 때 늘 그랬던 것처럼 말이다.

*　　　*　　　*

유백온은 삼십 명을 조금 넘을 듯한 궁수들의 시체를 눈앞에 둔 채 눈살을 살짝 찌푸려 보였다.

'설마 진짜 이 정도 병력에 우리 천룡영웅대가 농락을 당했더란 말인가!'

어쩔 수 없는 분노가 치민다.

여태까지 천룡영웅대는 항상 몇 배나 되는 대병을 상대해왔다. 해월낭인대로부터 시작해 이번 황천기와의 싸움까지 항상 그랬다.

당연히 이번 같은 소수 병력에 당한 기습전은 뼈아프다. 처음으로 당한 농락이기에 더욱 그러했다. 수치심에 얼굴이 벌겋게 달아오를 정도였다.

그러나 유백온은 곧 이성을 회복했다. 어째서 황천기가 이런 식으로 기습전을 벌였고, 천룡영웅대의 병력을 분산시켰는지 본질을 파악하는 데 주력하기 시작한 것이다.

'엽 대주다! 저들은 엽 대주를 죽이기 위해 이런 식의 기습전을 벌인 것이다!'

맹수몰이!

오히려 저들에게 역이용을 당했다는 생각이 든다. 그리고 이런 식으로까지 해서 잡아야만 하는 맹수는 천룡영웅대에서 단 한 명, 바로 엽자건일 터였다.

"전군, 안행진을 직진으로 바꾼다! 엽 대주가 위험하니, 전속 진군해야 한다!"

"예!"

유백온의 배후에 도열해 있던 천룡영웅대의 사조가 복명

과 함께 어느 때보다 빠른 움직임을 보였다. 엽자건이 위험하다는 한마디가 만들어낸 변화였다.

이어진 진군!

안행진을 포기하고 직진을 이룬 천룡영웅대가 맹렬한 속도로 이동하기 시작했다. 군기가 충만할뿐더러 하나같이 눈에 살기가 감돈다. 전장으로 향하는 군인들로 돌변한 것이다.

*　　　*　　　*

쩌릉!

순간적으로 십여 합을 나눈 엽자건과 황천기주가 다시 거리를 벌려 섰다.

우연이 아니다. 필연이었다.

두 사람의 무공은 그야말로 백중지세(伯仲之勢)!

어느 누구도 쉽사리 우세를 점할 순 없었다. 적어도 천 합이상은 겨뤄야 승패를 가릴 수 있을 터였다.

당연히 황천기주로선 세불리를 느낄 수밖에 없다. 이미 자신 쪽으로 급격히 다가들기 시작한 거대한 군기를 느낀 터에 계속 시간만 끌고 있을 순 없었기 때문이다.

엽자건 역시 썩 좋은 상황은 아니었다.

그는 전날 소림사 공방전에서 상당한 부상을 당한 바 있었다. 또한 황천기주를 무리하게 쫓던 중 작은 내상까지 얻었다. 전력을 다할 수 없는 상황에 봉착했다고 할 수 있겠다.

게다가 남궁수와 환월의 상세 역시 신경 쓰인다.

지극히 강인한 여인들!

그러나 직접 맞서본 황천기주의 마공은 상상을 초월할 지경이었다. 직접적인 타격을 당하지 않았다 해도 부상의 정도가 예사롭지 않음은 미뤄 짐작할 수 있었다.

'제길! 내 몸 상태가 정상이기만 하면 이런 고민 같은 건 할 필요도 없을 텐데……'

거짓말이다.

부상이 전혀 없는 상태라 해도 엽자건은 눈앞의 황천기주를 확실히 이길 자신이 없었다.

그만큼 그가 펼친 마황십도의 마공은 굉장한 위력을 지니고 있었다. 도대체 왜 화살 따위를 쏘아서 암격을 하려 했는지 이해가 가지 않을 정도였다.

그때 황천기주가 눈매를 가늘게 만들어 보였다.

"내가 익힌 건 마공이다. 일정 이상의 타격을 당하면 마기가 골수까지 파고들어서 결국 돌이킬 수 없는 꼴이 되지."

"뭘 말하고 싶은 거지?"

"뻔하지 않나?"

황천기주가 천연덕스레 한켠에서 가쁜 숨을 내쉬고 있는 남궁수와 거의 의식을 잃어버린 환월에게 시선을 던졌다. 노골적인 위협이다.

뿌득!

삼절곤을 쥔 엽자건의 손에 힘이 들어갔다. 그러나 놀랍게도 곧 두 눈은 더욱 차갑게 가라앉았고, 입가에는 미소가 매달렸다.

"얼마 남지 않았다, 천룡영웅대가 이곳까지 몰려오는 건. 응? 속도가 더욱 빨라진 걸 보니 네놈이 데려온 쓰레기들은 치워진 모양이군."

"주둥이가 가볍구나!"

"내가 본래 좀 그렇지. 그런데 말야, 네놈을 포위해서 고슴도치로 만든 후 살점을 한 점 한 점 바른 후에 개미굴에 던져버려도 그런 말을 듣게 될지는 모르겠는걸?"

"하하!"

황천기주가 대소를 터뜨렸다. 유쾌한 표정이다. 그리고 그의 손가락이 가볍게 튕겨졌다.

따악!

'뭐?'

엽자건이 긴장 어린 표정이 된 것과 동시였다. 갑자기 남궁수가 새파랗게 질린 채 옆으로 쓰러졌고, 환월은 경련과 함께 게거품을 물었다. 상세가 급속도로 위중해지기 시작한 것이다.

물론 그것만으로 끝일 리 없다.

쩌릉!

또다시 풍운뇌벽의 자색 벼락을 일으켜 엽자건을 덮친 황
천기주의 신형이 순식간에 하늘 위로 날아올랐다. 천하를 오
시하는 절대의 고수답지 않은 산뜻한 도주.

"이 자식이, 진작 그럴 것이지!"

"……."

뒤도 돌아보지 않고 신형을 날려가는 황천기주를 향해 버
럭 소리를 지른 엽자건이 얼른 환월에게 달려갔다. 세수경을
전수받아 구유한백신공을 대성한 남궁수보다 중원과 다른 무
공을 연마한 환월 쪽의 상세가 더욱 위중하단 판단이었다.

*　　　　*　　　　*

'역시 다시 돌아가야만 하는가……'

마신비행(魔神飛行)을 이용해 도주하던 황천기주가 문득
시선을 뒤로 돌아봤다.

눈 속에 담겨 있는 뜨거운 기운.

살기다.

삼십육계 주위상계를 펼친 상황임에도 엽자건을 이대로
놔두고 떠나는 게 무척 신경 쓰인 까닭이다.

그러나 이미 엎질러진 물이었다.

남겨뒀던 수하 모두를 잃어버린 상황에서 다시 엽자건과
천룡영웅대를 노린다는 건 지나친 무리수였다. 이미 천기마

야의 언질을 받았기도 했고 말이다.

'조금 궁금하긴 하군. 녀석이 어떻게 천기마야, 그 너구리 영감의 마수를 상대할 수 있을지. 게다가 만약 거기에서도 살아남는다면… 녀석은 곤왕 유대유를 능가할 만큼 위협적인 적으로 성장하게 될 것이다.'

내심의 중얼거림과 함께 황천기주가 신법의 속도를 더욱 높였다.

제일차 중원 침공!

별다른 성과를 얻지 못하고 이렇게 끝이 났다. 패왕이 되길 원하는 그에겐 무척 마음에 들지 않는 결과였다.

하지만 그리 낙담은 되지 않는다.

어차피 패업이란 길고도 머나먼 여정인 까닭이었다.

第九十八章

무주공산(無主空山)

少林
棍王
소림곤왕

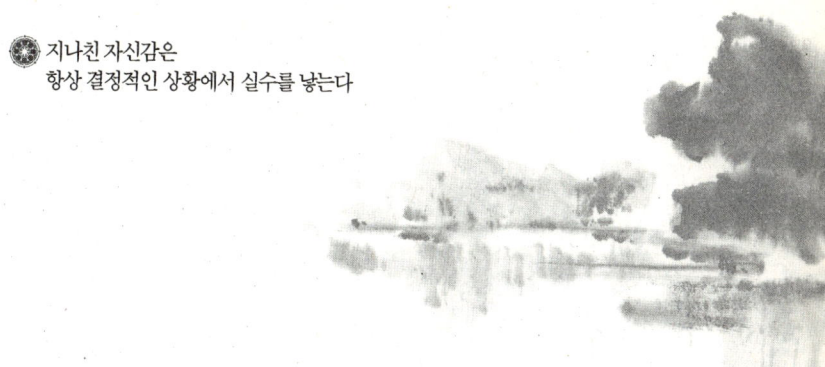

근래 날씨가 꽤 더워졌기 때문이리라!

천기마야의 손에는 평상시와 달리 학우선(鶴羽扇) 하나가
들려져 있었다.

살랑!

천천히 학우선으로 바람을 만들어낸 그가 미미하게 고개
를 가로저었다. 입가에는 담담한 미소 한 조각이 매달려 있
다.

"허허, 소림사! 과연 놀라운 대지가 아닌가? 내심 기대하긴
했으나 이 정도는 아니었거늘……."

"황천기주는 그 뒤 곧장 북행했습니다. 계속 추격해야 할

는지요?"

"되었다. 이번 기회에 세상이 자신의 생각보다 넓고 녹록지 않다는 걸 알았으니, 한동안 후금의 내치에나 힘쓰며 자중할 테지."

"아직 그에겐 천하를 아우를 만한 능력이 없다고 생각하시는 겁니까?"

"그가 아니라 후금 팔기군이 그렇다고 봐야 할 것이다. 그들은 중원뿐 아니라 북원 타타르의 팽창 역시 신경 써야만 할 터이니 말이다. 그래서 백마는 얼마나 모였더냐?"

"칠 할가량이 모였습니다. 곤왕이 휘젓고 다닌 탓에 북방의 상당수 점조직이 붕괴되어 죽거나 행방이 묘연해진 자들이 제법 많습니다."

"그만하면 되었다. 어차피 네가 이끄는 북혈청랑대와 함께 상처뿐인 승리를 얻은 자들만 도륙하면 될 터. 이번 대전이 끝나면 꽤나 오랫동안 중원은 무주공산(無主空山)에 빠지게 될 것이다."

"그리 오래는 아닐 거라 사료됩니다. 마천주(魔天主)께서 쥐새끼 같은 구정회를 멸하신 후 천하를 평정하실 테니까요."

"구정회라……."

천기마야의 눈가에 잔주름이 만들어졌다. 모든 일에 자신만만한 그에게 보기 드문 그늘이다. 과거 다스리던 배교의 총

본산이 불타오르던 그날 이후엔 분명 그러했다.

그런 천기마야의 내심을 눈치챈 것일까?

심복 중의 심복이라 할 수 있는 목령사귀와 함께 부복해 있던 쌍뇌존자 막사여가 눈을 번뜩였다.

"현재 신무림맹에 문상으로 있는 계집이 구정회의 핵심인 모용씨의 일족이라고 들었습니다. 그년은 반드시 산 채로 잡아서 마천주께 바치겠습니다."

천기마야가 본래의 신색을 회복했다. 그리고 그의 고개가 다시 가로저어진다.

"구정회는 현재 이빨 빠진 호랑이다. 전날 배교와의 싸움에서 동귀어진(同歸於盡)을 한 것이나 다름없으니, 크게 신경 쓸 필요는 없을 것이야. 단! 이번에 대법대불왕의 포달랍궁 세력과 신무림맹에 모인 신흥 세력들은 하나도 남김없이 쓸어버리는 걸 잊지 말도록."

"명심하겠습니다."

복명과 함께 얼른 고개를 숙여 보이는 막사여를 향해 천기마야의 학우선이 가볍게 내저어졌다. 더 이상의 보고가 없으면 이만 물러가 보라는 뜻이었다.

그러자 막사여가 잠시 주저하다 첨언하듯 말했다.

"대법대불왕 휘하 중에 마천주께서 염두에 두셔야 할 자가 한 명 있습니다."

"잔혹마군 냉고성을 말하는 것이냐?"

"예. 그자의 무공 성취와 심계가 예사롭지 않은 듯합니다. 본래 대법대불왕에게 충성하던 자도 아니니, 이번 기회에 마천에 끌어들이는 것도 나쁘지 않을 거라 사료됩니다."

"네가 제법 그놈을 예쁘게 보았구나?"

"그보다는……."

잠시 말꼬리를 잡아끌던 막사여가 입가에 음험한 미소를 매달았다.

"…제게 그자를 꼭두각시로 만들 방도가 있어서 그럽니다."

"꼭두각시로 만들 방도가 있다?"

"예. 그자로 하여금 대법대불왕과 동귀어진하란 명을 내려도 거부할 수 없는 약점을 알아냈습니다. 그러니 잠시 그를 제게 맡겨주지 않으시겠습니까?"

천기마야가 잠시 막사여를 바라보다 미미하게 고개를 끄덕여 보였다.

"알겠다. 그자는 네게 전적으로 맡길 테니, 마음대로 써먹도록 하거라."

"감사합니다. 그럼, 속하는 곧바로 북혈청랑대에게 돌아가 보겠습니다. 제 그림자를 남겨놨긴 했으나 대법대불왕을 그리 오랫동안 속이진 못할 테니까요."

"어려운 일이 생기면 목령사귀를 부르도록 하거라. 노부역시 백마와 함께 곧 뒤따를 테니까."

"냉고성이 이미 신무림맹을 뒤집어놓기 시작했습니다. 마천주께서는 사천에 천천히 오셔도 되리라 봅니다."

"허허, 그렇구나. 하지만 만에 하나란 게 있으니 목령사귀를 잊지 말도록 하거라."

"예, 명심하겠습니다."

다시 복명한 막사여가 무릎걸음으로 뒤로 물러서더니, 곧 바람같이 신형을 돌려 하늘로 날아올랐다. 천기마야에게 했던 말처럼 목표는 전장으로 돌변한 사천이었다.

그 같은 막사여의 뒷모습을 묵묵히 바라보던 천기마야의 입가에 언뜻 흐릿한 고소가 매달렸다.

"여전히 자신감이 지나쳐. 지나친 자신감은 항상 결정적인 상황에서 실수를 낳는 법이거늘……. 목령사귀!"

"예."

"지금 이 순간부터 막사여의 일거수일투족을 하나도 빼놓지 않고 살피고 노부에게 보고하도록 하거라."

"예."

언제나와 마찬가지로 단조로운 대답과 함께 목령사귀의 품속에서 황금색 두더지가 튀어 올랐다. 막사여가 전혀 눈치채지 못할 만큼 원거리로 추격하기 위한 준비 작업에 들어간 것이다.

끼이!

주변을 둘러보며 나직한 울음을 토한 황금 두더지가 기민하게 움직이기 시작했다. 목령사귀가 언제나처럼 그 뒤를 따라 움직였음은 물론이었다.

*　　　*　　　*

"후웁!"

한차례 깊은 호흡 끝에 눈을 뜬 남궁수가 잠시 혼란스런 표정을 지어 보였다.

그녀의 몸속에 침투한 마기!

상상 이상으로 심각했다. 마치 몸 안의 기경팔맥이 모조리 썩어 들어가는 듯했다. 그것도 아주 급격히 그리되었다.

또한 정신 쪽 역시 심각했다.

마기의 침습을 받은 순간부터 온갖 어지러운 환영들이 눈앞을 어른거렸고, 무수히 많은 감정이 파도처럼 밀려들었다. 그녀의 육체뿐 아니라 정신까지 모조리 외부 세력에 의해 빼앗겨 버릴 것 같은 위기에 빠져든 것이다.

그러나 곧 반전이 일어났다.

엽자건이 구술해 줬던 세수경의 깨달음으로 인해 완성한 구유한백신공이 제 역할을 발휘하기 시작했다. 몸속에 침습해 들어온 마기를 특유의 냉기로 얼려 버린 다음 체외로 밀어내고, 정신이 깃들어 있는 상단전을 강력하게 보호했다. 의아로울 만큼 급격하게 그런 일들이 벌어졌다.

덕분에 남궁수는 점차 자신의 몸과 정신의 지배력을 되찾아갔고, 결국 지금 눈을 뜨게 되었다. 이미 조금의 마기조차 남기지 않고 소멸시켜 버렸음은 물론이었다.

그런데 마기의 침습을 받아 정신을 잃어버렸을 때와 그녀를 둘러싼 주변 환경은 너무 많이 달라져 있었다.

쓰러질 때엔 분명 너른 대지 위였는데, 현재는 조잡하고 비좁은 공간 속에 눕혀져 있었다. 게다가 그녀를 가두고 있는 이 공간은 제 스스로 움직이고 있기까지 했다.

덜컹! 덜컹!

눕혀져 있는 몸 전체로 느껴지는 기묘한 감각에 남궁수는 곧 자신의 현 상태를 눈치챘다.

'마차다! 나는 의식을 잃은 상태로 마차에 눕혀져서 이동되고 있었구나!'

당황스런 깨달음이다.

몸속에 침습해 들어온 마기에 저항하고 있던 그녀의 상태는 일종의 운기조식 상황과 같았다. 결코 쉽사리 움직이게 해서는 안 되었다. 자칫 잘못했다가는 주화입마에 빠져들 수도 있기 때문이었다.

당연히 마차에 옮겨놓은 건 사리에 맞지 않은 행동이었다. 조금만 무공에 대한 지식이 있는 사람이라면 절대 하지 않을 짓이라고 할 수 있었다.

'그런데 나는 마차에 옮겨졌고, 주화입마에 빠지지도 않았

다. 어떻게 이런 일이 가능했는지 이해가 어렵구나. 하지만 지금 중요한 건 그런 것이 아니다.'

남궁수는 곧 당황감 속에서 빠져나왔다.

또렷한 이지를 되찾은 눈동자.

빠르게 자신을 가두고 있는 마차의 내부를 살펴더니, 곧 문을 발견해 낸다. 마기의 영향에서 벗어났으니 더 이상 이곳에 누워 있을 이유는 없다.

스으.

남궁수는 만약의 사태에 대비해 청류하를 빼들었다. 혹시라도 적에게 인질로 붙잡혔을 가능성을 배제하지 않은 것이다. 그리고 그녀가 막 마차 문을 열고 뛰쳐나가려 할 때였다.

히이이잉!

기다란 말 울음소리와 함께 마차가 멈추더니, 문이 활짝 열렸다. 더불어 쏟아져 들어온 환한 햇살.

슥!

재빨리 손을 들어 문을 통해 들어온 햇빛을 차단한 남궁수의 청류하가 날카로운 움직임을 보였다. 앞으로 곧게 나아가 마차 문을 연 사람 앞에서 멈췄다.

"우왓!"

불쑥 튀어나온 청류하의 검날에 놀란 이가흔이 화들짝 놀라 소리를 질렀다. 설마하니 남궁수가 깨어났을 줄은 몰랐던 것 같다.

그러자 남궁수가 얼른 청류하를 거두고 사과했다.

"미안해요. 갑자기 마차 문이 열려서 저도 모르게 검을 빼들었네요."

"헤에, 일어났군요?"

"예?"

의아한 표정이 된 남궁수에게 이가흔이 얼른 다가들었다. 표정이 사뭇 진지하다.

"그거 알아요? 남궁 조장은 거진 한 달 만에 깨어났다구요!"

"한… 달……?"

"그래요. 그래서 그동안 내가 남궁 조장을 돌보느라 고생이 이만저만 아니었다구요."

"……."

남궁수는 그제야 이가흔의 손에 바구니가 들려 있는 걸 눈치챘다.

적당하게 담겨 있는 음식물과 하얀 속옷 등등…….

대충 지난 한 달이 어떻게 지나갔는지 짐작이 간다. 도대체 어떻게 그런 일이 가능했는지는 짐작조차 되지 않지만 말이다.

손을 이마에 댄 채 혼란스러워하는 남궁수에게 이가흔이 더욱 바짝 다가들었다. 입가에는 묘하게 음흉스런 미소가 매달려 있다.

"으후훗, 그런데 엽 대주는 어찌 되었는지 궁금하지 않나요?"

"아!"

남궁수가 이마에서 손을 떼곤 이가흔과 시선을 맞췄다. 맑은 눈동자가 가벼운 흔들림을 보이고 있다. 의식을 잃기 전 엽자건이 상상을 초월할 만큼 강한 황천기주와 대결하고 있었음을 떠올린 까닭이었다.

"천룡위주께서는 어찌 되었죠? 설마 부상이라도 당한 건 아닐 테지요?"

"부상이야 당했죠. 사실은 우리 천룡영웅대 전체가 아주 지독하게 당했다고 봐야겠죠. 당장 남궁 조장만 해도 한 달이나 의식을 잃고 있었잖아요."

"그래서 천룡위주의 부상은……."

"괜찮아요! 걱정할 거 없어요! 엽 대주같이 괴물 같은 사람은 천하를 몽땅 뒤져도 그리 많지 않을 테니까요. 그는 며칠 만에 내상을 가다듬고서 천룡영웅대를 떠났어요. 남궁 조장과 함께 부상당했던 부상국의 인자 계집애하고 같이요."

"…어디로?"

"사천으로 간다더군요. 반드시 되찾아야 할 사람이 있다던가?"

"……."

복잡미묘하단 게 이러할까?

남궁수는 잠시 동안 침묵 속에 잠겨들었다. 이가흔이 말한 엽자건이 반드시 되찾아야 할 사람이 누군지 쉽사리 짐작할 수 있었기 때문이다.

그때 이가흔이 갑자기 자신의 이마를 손바닥으로 쳤다. 꽤 세다.

탁!

"나도 진짜 나쁜 년이지! 이런 식으로라도 성격 나쁜 티를 내니 말야! 그런 넋 나간 표정 짓지 마요. 엽 대주에 대해선 걱정할 필요가 없으니까."

"무슨?"

"일단 이거나 받아요."

이가흔이 남궁수에게 넘긴 건 한 통의 편지였다. 마기에 침습받아 의식불명 상태에 빠진 남궁수를 놔둔 채 사천으로 먼저 떠나야만 하는 자신의 심경을 빼곡하게 적어놓은.

당장 그 같은 편지의 내용 속에 몰입해 들어간 남궁수에게 이가흔이 첨언하듯 말했다.

"엽 대주, 사천으로 떠나기 전까지 남궁 조장의 곁에 붙어서 한시도 떨어지지 않았어요. 뭐, 함께 떠나간 인자 계집애도 챙기긴 했지만 남궁 조장 쪽을 훨씬 더 신경 쓰고 있었어요. 그리고……."

"그리고?"

"…그리고 곧 엽 대주와는 다시 만나게 될 거예요. 천룡영웅대도 중상자들을 제외하곤 전원 신무림맹으로 향하고 있으니까요."

"고마워요."

남궁수가 다 읽은 편지를 곱게 접어 품속에 간직한 채 이가혼에게 고개를 숙여 보였다. 여태까지 자신을 돌봐줬던 것과 편지를 전달해 준 일 모두에 대한 감사였다.

벅벅!

이가혼이 떨떠름한 표정으로 뒤통수를 긁었다. 얼떨결에 엽자건을 포기하는 꼴이 되어버렸기 때문이다.

'쳇! 하지만 어쩌겠어? 목 사형한테 이미 일부종사하기로 약속을 해버렸으니……'

전날 그녀는 목진풍에게 완전히 감격했다. 엽자건에 대한 미련이 아주 없는 건 아니나 향후 자신만을 바라보는 바보 같은 사형을 배신할 생각은 전혀 들지 않았다. 그에게 죽을 때까지 의리를 지킬 생각이었다.

그사이 건량과 건초 등의 보급을 위해 잠시 멈췄던 천룡영웅대가 다시 이동하기 시작했다.

거진 삼 할이나 되는 부상자!

어쩔 수 없이 상당한 숫자의 마차가 동원된 천룡영웅대의 이동은 곧 거센 먼지구름을 만들어냈다. 하남성과 사천의 중간에 위치한 섬서의 석천(石泉)을 얼마 남겨두지 않았을 때의 일이었다.

＊　　　＊　　　＊

후비적!

엽자건은 네 번째 준마가 게거품을 물며 헐떡이는 걸 살피다 귀를 소지로 팠다.

방금 전부터 귀가 꽤나 가렵다. 누군가 자신의 얘기를 아주 격렬하게 나누고 있는 것 같다. 그렇지 않고서야 이리 갑작스레 귀가 가려울 리 없지 않겠는가.

"응?"

엽자건이 갑자기 귀를 파고 있던 소지를 의미심장한 표정으로 바라봤다. 손톱 끝에 딸려 나온 큼지막한 귓밥. 갑자기 귀가 미칠 듯 가렵던 이유를 설명해 주고 있다.

"훗! 왕건이를 건졌군. 앞으로 재수가 좋을 거라는 신의 계시인가?"

바람을 불어 귓밥을 날려보낸 엽자건이 이를 드러내며 미소 짓고 있을 때였다.

스슥!

지난 며칠간 그보다 먼저 가면서 척후의 임무를 충실히 수행하고 있던 환월이 모습을 드러냈다.

특기인 환마무흔경의 은신술이 근래 들어 더욱 진보한 탓에 엽자건조차 바로 코앞에 도달해서야 눈치챌 수 있었다. 몸

속에 침투한 마기를 해소시켜 주는 과정에서 주입시켜 준 내공을 거진 자신의 것으로 만든 것만큼 굉장한 진보라 할 수 있겠다.

'그렇다 해도 이 녀석, 무공에 대한 깨달음과 숙련도는 진짜 상상을 초월할 정도다. 어쩌면 남궁 조장보다 무채(武才)가 더 뛰어날지도 모르겠어.'

그리 놀라운 일도 아니다.

눈앞의 환월은 부상국 제일의 인자 집단인 귀살인도에서도 거의 수백 년 만에 나온 초기재였다. 부상국 전체에서 아주 오랫동안 그녀만큼 어린 나이에 초특급의 반열에 오른 인자가 존재하지 않았다는 뜻이다.

또한 그녀는 근래 들어 중원의 무학까지 접했다.

천하의 무학대사라 할 수 있는 철담협개와 천살마도 이염, 엽자건 등에게 연속적으로 가르침을 받았고, 무수히 많은 실전까지 겸해서 치러왔다. 나날이 무공이 발전하는 것도 무리는 아니라고 할 수 있을 터였다.

내심 흐뭇하게 고개를 끄덕여 보이고 있는 엽자건에게 환월이 평상시와 다름없이 보고를 올렸다.

"주인님, 여태까지와 마찬가지로 일대의 무림 문파는 모두 몰살을 당한 것 같습니다. 건물은 죄다 불타고, 시체 썩는 냄새가 천지를 진동하고 있었습니다."

"관은 뭐 하고?"

"문을 꼭꼭 닫아걸고 밖으로 나와보지도 않았습니다. 무림 문파끼리의 대결이랍시고 시체 수습조차 하지 않을 생각인 것 같습니다."

"쓸모없는 것들!"

엽자건이 나직이 혀를 찼다.

그의 품속엔 아직 연평왕에게 받은 신패가 있었다. 만약 마음만 먹는다면 사천 일대의 도지휘사사의 군마 역시 상당수 동원할 수 있을 터였다.

하지만 그는 그리하고 싶지 않았다.

소림사와 황천기 간의 싸움일 때와는 다르다.

이번 포달랍궁과 북혈단 연합 세력의 중원 침공은 어디까지나 무림세계의 일이었다. 함부로 관의 힘을 빌린다면 향후 무림계의 독자적인 지위가 훼손될 여지가 충분했다.

모두 개소리다.

어차피 무림이든 관이든 싸움은 싸움이다. 아군의 피해를 최소화할 수 있다면 무엇이든 가져다 쓰는 게 마땅했다. 사람의 목숨만큼 소중한 건 없기 때문이었다.

만약 포달랍궁과 북혈단의 뒤에 북원의 타타르가 존재하지 않았다면 엽자건은 주저할 것도 없이 병마를 동원했을 터였다. 그래서 단숨에 새외와 중원 간의 무림대전을 깨끗이 종결시키고 대법대불왕에게서 감요진을 되찾아왔을 터였다. 그 정도의 이기심은 충분할 정도로 가지고 있었다.

'쳇! 뭐, 지금으로선 나 역시 몰래 포달랍궁의 주력이 집결해 있다는 구룡(九龍)으로 침투하는 게 최선이라 생각하고 있으니까…….'

내심 혀를 차 보인 엽자건이 환월에게 눈짓을 해 보였다. 다시 척후에 나서라는 무언의 명령이었다.

"주인님, 그럼 저는 여태까지처럼 사흘 후에 다시 돌아오겠습니다."

"부탁하마."

"그럼."

환월이 잠시 흙먼지로 범벅이 된 엽자건의 얼굴을 살핀 후 모습을 감췄다. 다시 환마무흔경의 은신술을 펼친 채 구룡 방면으로 척후에 나선 것이다.

긁적!

엽자건이 목 근처를 손가락으로 긁으며 눈살을 살짝 찌푸려 보였다. 지독한 부상에서 회복된 지 얼마 안 되는 환월에게 너무 많은 부담을 짊어지게 하고 있다는 자책감을 아무래도 떨치기 힘들다. 오로지 자신만을 향하고 있는 그녀의 감정을 받아주지 못하는 자기 혐오와 함께.

'참자! 요진을 되찾기 전까진 나는 한 걸음도 앞으로 나아갈 수 없으니까. 이런 약한 감정도 지금으로선 사치에 불과할 뿐이니까.'

내심 눈을 빛내 보인 엽자건이 다시 말에 박차를 가했다.

이제 쉴 만큼 쉬게 했다는 판단이었다.

히이이잉!

과연 방금 전까지 입에 허연 게거품을 물고 있던 말이 관부에서 강탈한 최상급의 군마답게 기운찬 소리를 냈다. 이제 다시 기운을 내서 달릴 때가 된 것이다.

                    *   *   *

중경.

평상시처럼 천무각에서 소요하던 독존 당무양의 앞에 문상 모용초연이 모습을 드러냈다. 평상시와 달리 표정이 조금 초조해 보인다.

"구룡 쪽 전선에 문제라도 발생한 것인가? 혹시 남궁 검존에게 위급한 일이라도 발생한 것이……."

"남궁황 검존께서는 여전히 무탈하십니다. 구룡 쪽에서 맞닥뜨린 포달랍궁의 주력과 일진일퇴의 대격돌을 벌이고 계시긴 하지만 쉽사리 전선이 붕괴되는 일은 없을 거라 사료됩니다."

"…그거, 잘됐군!"

당무양이 짤막한 일성과 함께 심드렁한 표정이 되었다. 내심 신무림맹의 삼 개 무력 집단을 이끌고 떠난 남궁황이 고전하길 바라고 있었음을 짐작케 하는 모습이다.

"게다가 구룡에는 이미 개왕 이 방주님께서 천살마도 이 대협과 개방 정예인 십방걸개를 이끌고 협력차 떠나셨습니다. 청성파에도 지원 요청을 하신 만큼 굳이 맹주님까지 나서실 일은 없을 걸로 봅니다."

"크험! 누가 뭐라던가! 누가 뭐래!"

당무양이 쐐기를 박는 모용초연의 첨언에 버럭 소리를 질렀다. 심드렁하던 얼굴 표정이 이젠 아예 노골적으로 못마땅함을 드러내고 있었다. 검존 남궁황에 이어 철담협개마저 최전선으로 떠났는데, 자신만 총단을 지키려니 좀이 쑤시다 못해 미칠 지경이 된 듯한 모습이다.

그러나 이어진 모용초연의 보고에 그의 인상이 딱딱하게 굳어버렸다.

"당가에 문제가 생겼습니다."

"문제?"

"예, 근래 정예가 빠져나간 당가가 적의 기습을 당한 것 같습니다."

"말도 안 되는 소리!"

격분에 가까운 노성을 터뜨린 당무양이 신광 어린 시선을 모용초연에게 고정시킨 채 곧 본래의 이성을 찾았다. 그녀가 자신에게 거짓을 고할 이유가 없었기 때문이다.

"설마 본가의 혈무사행사륜절진이 뚫렸다고 말하려는 건 아닐 테지?"

"불행히도 그리된 것 같습니다. 적의 야습에 괴멸적인 타격을 받은 당가는 불길에 휩싸여 한 줌의 재로 변해 버렸는데, 다행히도 당가주인 독암귀수 당기정 대협께서 늦지 않게 도착하셔서 상당수의 생존자를 수습하실 수 있었습니다."

"그 녀석이 어떻게 그리 빨리 본가로 향할 수 있었던 건가? 본래 본가의 정예와 함께 구룡으로 향하고 있었어야 마땅하거늘."

"제가 총단을 떠나기 전에 권고한 일을 다행히도 당가주께서 잊지 않으셨던 듯합니다."

"권고?"

"사천은 본래 당가와 아미파, 청성파의 땅이라 할 수 있습니다. 이미 아미파가 봉문을 단행한 이상 포달랍궁과 북혈단의 연합 세력이 본격적인 침공을 시작하면 제일 먼저 공략할 곳은 분명 당가와 청성파이지 않겠습니까?"

"게다가 청성파는 전력의 대부분을 본산에 남겨놓은 데 반해 당가는 그리하지 못했고 말이지?"

"예, 그래서 당가주께 정예를 이끌고 구룡으로 떠나는 척만 하라고 전했었습니다만……. 천하에 명성 높은 당가의 혈무사행사륜절진이 이렇게 빨리 뚫리리란 것까진 예상을 못했습니다. 용서해 주십시오."

말을 끝낸 후 허리를 크게 숙여 보이는 모용초연의 모습에 당무양이 쓰디쓴 표정을 지어 보였다.

그녀가 방금 전 한 말. 여태까지와 달리 입에 발린 소리만은 아니었다. 아주 합리적으로, 완벽한 계책으로 적의 기습전을 역공해 심대한 타격을 입힐 수 있는 방도라 할 수 있었다.

단! 문제는 혈무사행사륜절진이었다. 어떻게 이 희세의 절진이 하룻밤 새 뚫릴 수 있었을까?

고심에 빠진 당무양에게 모용초연이 다시 입을 열었다. 이제야말로 본론이다.

"그래서 일단 당가주께서는 일대의 분가주들과 함께 본가 수습에 나서신 상태이고, 생존자들은 현재 중경으로 오고 있는 중입니다."

"어째서 그리했지?"

"생존자들에게 혈무사행사륜절진이 어떻게 파훼되었는지를 알아보고자 함입니다."

"또?"

"또한 생존자들 중에는 독미인 당소교 소저가 포함되어 있었습니다."

"소교가?"

"예, 당가가 무너지기 직전에 스스로 찾아왔다고 들었습니다. 잔혹마군 냉고성에게서 탈출한 것이지요."

"……."

당무양의 안색이 더욱 딱딱하게 굳었다. 모용초연이 무슨 생각을 하고 있는지 대충 짐작이 갔기 때문이다.

'하긴 마도에는 온갖 사공이학이 존재하니, 그런 어린 아이를 홀리는 것쯤은 어려운 일도 아닐 것이다. 하지만 그렇게 해서 알아낸 정보로 본가의 혈무사행사륜절진을 파훼할 수는 없을 터인 것을. 게다가 어째서 일이 끝난 후에도 그 녀석을 살려놓았는지도 의심스럽구나.'

예상이 쉽지 않은 일이다. 어려웠다.

모용초연이 당무양의 그 같은 심사를 눈치채고 넌지시 말을 이었다.

"당소교 소저, 제가 맡아도 되겠는지요?"

"어찌할 작정이신가?"

"본 가에 봉황심안공(鳳凰心眼功)이란 공부가 있습니다."

"들어 알고 있네. 정신계 쪽 마공의 극성이라고?"

"제가 그 봉황심안공을 연마했습니다. 만약 당소교 소저에게 문제가 있다면 필시 알아낼 수 있을 겁니다."

"그 녀석의 생사 역시 맡겨야겠구만?"

"다른 생존자들과 동일하게 처리하겠습니다."

"으음……."

당무양의 뇌리로 어릴 때 꽤나 귀여워했던 당소교의 얼굴이 빠르게 스쳐 지나갔다. 당가의 무수히 많은 자손들 중에서도 그녀는 그의 총애를 꽤나 많이 받았다.

하지만 당가가 자랑하던 혈무사행사륜절진이 파훼되고 본가가 불탔다. 사상자의 숫자가 얼마나 되는지 짐작조차 할 수 없을 정도로 극심한 피해를 입은 것이다. 인명과 재물 양쪽 모두 다 그러했다.

'특히 걱정되는 건 본가에 수백 년간 보관되어 왔던 보전의 암기와 절독들이다. 만약 그것들이 포달랍궁의 수중에 들어갔다면 이번 대전, 중원무림의 피해는 몇 배나 극심해질 터인즉.'

내심 빠르게 염두를 굴린 당무양이 천천히 고개를 끄덕여 보였다. 도리가 없다는 판단이었다.

"…자네가 알아서 하시게."

"옳은 결단을 내리겠습니다."

"다른 보고 사항은 없는가?"

"예, 오늘은 여기까지입니다."

"그럼 좀 나가주게. 잠시 혼자 있고 싶으니까."

"그러지요."

모용초연은 이미 원하던 바를 이룬 터였다. 더 이상 당무양을 괴롭힐 이유는 없었다.

천무각을 벗어나던 모용초연의 눈에 이채가 어렸다.

저 멀리 빠른 걸음으로 다가오고 있는 준영한 인물의 사나이. 그녀의 정혼자이자 신무림맹의 수비를 맡은 철혈협영대의 대주인 십수살 당준이다.

"모용 문상, 잠시만 기다려 주시오!"

"그러지요."

모용초연이 수중의 부들부채로 가린 입가에 슬쩍 미소를 만들어 보였다. 당준이 왜 갑자기 내내 피하던 자신을 찾아왔는지 대충 짐작이 가는 까닭이었다.

'독미인 당소교와 친인척치고 지나치게 친했다고 했던가? 얼굴에 깃든 다급함을 보니, 소문이 완전히 헛된 것은 아니었나 보구나.'

내심의 중얼거림과 함께 모용초연의 눈매가 살짝 가늘어졌다.

그녀로선 보기 드문 감정의 변화.

어쩌면 당연할지도 모르겠다. 꽤나 오랫동안 혼자의 몸이었던 그녀가 낭군감으로 점찍은 상대가 바로 당준이었고, 그는 그다지 그런 상황을 탐탁지 않게 생각하고 있었으니 말이다.

과연 그녀의 예상대로였다.

거의 신법까지 펼쳐 가며 그녀 앞에 도착한 당준이 극도로 심각해진 표정으로 입을 열었다.

"본 가가 기습을 받아서 불탔다는 게 틀림없는 사실인 것이오?"

"인명 피해 역시 극심하다더군요. 때마침 당가주께서 급히 복귀하셔서 인근의 분가들에까지 피해가 확대되진 않았으나, 본가의 피해는 쉽사리 회복할 수 없을 지경인 듯합니다."

"그런……."

당준이 이를 갈며 눈에 살기를 담았다. 당장 신무림맹을 뛰쳐나가 흥수라 짐작되는 포달랍궁과 북혈단을 도륙할 것 같은 기세다.

물론 그냥 마음만 그럴 뿐이었다.

신무림맹의 호위대장이라는 중책을 맡은 터에 함부로 몸을 움직일 수는 없었다. 그런 결정을 내릴 만한 위치 역시 되지 못했고 말이다.

이를 악문 채 억지로 분노를 참아낸 당준이 슬며시 화제를 바꿨다. 내내 피해 다녔던 모용초연을 찾아온 진짜 이유를 비로소 털어놓기 시작한 것이다.

"모용 문상, 내 듣기로 당가에서 살아남은 생존자가 적지 않다고 들었소."

"안 됩니다."

"내 얘기를 먼저 듣고……."

"안 되겠습니다. 이미 맹주님께 허락을 득한 만큼 당가의 생존자들은 지금부터 모두 제 관할하로 들어오게 됩니다. 이번 사안은 무척 중대하니 당소교 소저만 특별 취급할 순 없습니다. 그러니 이만 당 대주께서는 본연의 임무에 충실해 주시지요."

"……."

당준이 딱딱하게 굳은 표정으로 입을 굳게 다물었다. 단숨에 자신이 온 목적을 간파해 내는 모용초연에게 지극한 두려움을 느낀 까닭이다.

'또다시 그를 질리게 만들어 버렸구나! 아마 앞으로는 날 더욱 피해 다니게 되겠지?'

부들부채 안쪽으로 얼핏 후회의 감정을 드러낸 모용초연이 속내와 달리 더욱 단호한 목소리를 냈다.

"그럼, 저는 이만."

"아……."

당준이 얼떨결에 자리를 비켜주곤 멍한 표정으로 모용초연을 바라봤다. 문득 그녀를 찾아온 가장 중요한 이유를 말하지 못했다는 생각이 들었으나 이미 늦었다. 어느새 모용초연은 저만치 멀어져 가고 있었다.

'으음, 이번 기회에 함께 당가의 생존자들을 살피며 시간을 보내볼까 했더니만…….'

모용초연은 정이 잘 가지 않는 성격이었다. 평상시 무슨 생각을 하는지도 알기 어렵다.

하지만 그래도 정혼녀였다.

처음에는 심한 저항감에 삐뚤어질까 고민도 했으나 근래 들어 생각이 바뀌었다. 종종 봉황전을 지나칠 때마다 밤늦도록 야근을 하고 있던 그녀의 성실함이 원인이었다. 이리 책임감이 있는 여인이라면 평생을 함께해도 나쁘지 않을 것 같다는 생각을 하게 되었다.

'뭐, 점차 나아지겠지. 어차피 정혼한 사이니, 서로를 알아 갈 시간이야 앞으로도 차고 넘치지 않겠어?

애꿎은 머리를 툭툭 두들겨 보인 당준이 천천히 신형을 돌려세웠다. 모용초연의 예상과는 다르달까? 이미 그의 뇌리 속에 당소교란 존재는 아주 작은 점처럼 희미해져 있었다.

구룡에서 벌어지고 있는 무림대전!

매일같이 처참하게 죽어나간 사상자들에 대한 소식이 속속 날아들고 있었다. 끔찍한 꼴을 당한 건 당가와 당준만은 아니었다. 계속 호들갑을 떨고 있을 수만은 없었다.

*　　　*　　　*

사흘 후.

중경의 시내를 가로질러 신무림맹의 총단으로 향하는 거대한 행렬이 모습을 드러냈다.

족히 백여 명이 넘는 인원과 마차. 근래 기습을 당한 당가의 생존자들을 태운 마차와 그들을 호위하는 다수의 당가 무인들이다.

그 마차의 중간쯤?

다른 당가 생존자들과 달리 홀로 마차에 앉아 있는 당소교가 우울한 눈빛을 한차례 깜빡거렸다. 저 멀리 보이는 신무림맹의 총단이 마치 수많은 악귀들이 모여 사는 마계처럼 느껴

졌기 때문이다.

'당소교. 아직도 네가 사람이라 생각하고 있는 것이니? 너는 사람이 아니야. 죄책감을 느낄 필요는 없어. 그런 값싼 감정을 느끼기에 너는… 너무 많이 왔으니까……'

아직도 또렷이 기억난다.

경악 어린 표정으로 자신을 바라보던 암화 당모란의 모습이.

그녀는 혈무사행사륜절진이 파훼되자 곧바로 휘하 무사들과 함께 보전으로 달려갔다. 그곳에 있던 당가의 보물인 암기와 절독들을 폭파시켜서라도 외부에 유출되지 않게 하기 위함이었다.

그러나 그건 이미 당소교 역시 예측하고 있던 일이었다.

그녀의 안내를 받아 곧바로 보전에 도착한 냉고성과 잔혹마검대는 간발의 차로 당모란을 죽이고 약탈을 자행했다. 수백 년간 사천을 지배해 온 암기와 독의 대지를 더러운 마수로 물들이고 짓밟고 능욕했다.

당소교 역시 마찬가지다.

그녀는 처참한 살육극의 한가운데에서 냉고성에게 다시 더럽혀졌다. 그토록 사랑해 줬던 당모란의 몸이 채 식기도 전에 그런 꼴이 되어버렸다.

후회?

그런 감정은 이미 예전에 잃어버렸다. 인두겁을 뒤집어쓴

귀신의 길을 걷기 시작한 후 깨끗이 버렸다. 포기했다. 지금 이 순간 느껴지는 심장의 박동 소리가 사치스럽게 느껴질 정도로 말이다.

두근! 두근!

천천히 뛰고 있는 심장 어름을 가볍게 손으로 짓누른 당소교가 면사로 가려진 얼굴의 상처를 더듬었다. 손톱을 세워 강하게 긁어내렸다.

주르륵!

결국 다시 벌어져 버린 상처 자국.

다시금 되살아난 고통이 심장의 박동을 늦춰준다. 잠시 되살아났던 인간의 감정과 함께.

'곧 끝난다, 곧 끝날 거다. 그러니까 그때까지 난……'

당소교가 몸을 기대고 있던 창가에서 떨어져 바닥에 몸을 뉘었다. 입술을 비집고 튀어나오려는 광기 어린 미소를 억누르기 위해 반드시 그리해야만 했다.

第九十九章

천려일실(千慮一失)

少林
棍王
소림곤왕

맹진.

심상치 않은 회오리바람이 연일 몰아치고 있다.

이미 때는 초여름을 향해 달려가는 시기다. 북쪽에서 황사가 불어올 때는 지났다는 뜻이다.

더군다나 하늘은 해가 쨍쨍하고 새파란 하늘을 자랑한다.

이런 모진 바람이 불 만한 날씨가 전혀 아니었다. 오히려 가만히 서 있기만 해도 땀이 날 정도로 더위가 기승을 부릴 만했다. 이곳에 이르기까지 분명 그러했고 말이다.

"크악! 에퉤퉤퉤!"

"……"

말을 혹사시키며 모래바람 속을 내달리던 송지하가 고삐를 잡아당기며 죽는소리를 냈다. 어느새 입 안을 가득 채워 버린 모래를 조금이라도 뱉어내느라 여념이 없다. 중간에 코가 막혀서 입으로 숨을 쉬다가 아주 모진 꼴을 당해 버린 것이다.

당연하달까?

그의 허리를 바짝 감고서 찰싹 등 뒤에 달라붙어 있던 연해월은 이미 빈사 상태였다. 거의 제정신이 아닌 채로 어떻게든 송지하에게 의지해 말에서 떨어지지 않기 위해 죽을힘을 다 쏟아내고 있었다.

'새파랗게 맑은 하늘에 뜨거운 햇빛. 어울리지 않게 휘몰아치는 먼지바람이라…….'

송지하가 손을 들어 날아드는 모래바람을 막아내며 눈에 강한 기운을 담았다.

내공을 이용한 안력 강화!

그는 그렇게 함으로써 시야를 온통 가리고 있는 흙먼지의 안쪽을 들여다보려 했다. 충분하다, 본래대로라면. 초절정에 오른 내공을 총동원해서 못 꿰뚫어볼 것은 없다.

'…정말 단순한 자연현상이기만 하다면 말야! 하지만 전혀 안쪽이 보이지 않는구만!'

송지하의 입꼬리가 슬며시 치켜 올라갔다.

소하의 말을 들은 이후부터 줄곧 생각해 왔던 가정이 슬슬 현실로 다가오고 있었다. 가슴이 뛰고, 전신이 활력으로 마구 춤을 추기 시작한다.

그러나 그는 곧 현실을 자각했다.

"곤왕 선배를 가둬놓은 자연 그 자체를 이용한 진법이라니! 이건 그 자체만으로 불가해(不可解)에 대한 도전이 되어버리는 것이잖아!"

"불가해? 그건 무슨 헛소리예요?"

"헛소리가 아니라 위대한 도전의 시작이다!"

"위대한 도전? 그런 것 하기 전에 나 죽겠어요! 이 거지 같은 모래바람으로부터 말 좀 돌려요!"

"싫다."

"그런 말이 나와요? 내가 죽게 생겼는데!"

송지하의 조강지처를 꿈꾸던 연해월이 악다구니에 가까운 소리를 지르며 그의 옆구리를 마구 꼬집어댔다. 당장 모래바람에 숨이 막혀서 죽을 것 같아지자 특유의 본성이 겉으로 표출된 것이다.

물론 송지하는 그런 것에 굴할 사람이 아니다. 절대.

툭! 투툭!

옆구리에 연속적으로 손톱 자국을 만들던 연해월의 손을 가볍게 쳐낸 그가 갑자기 말 등을 차고 공중으로 날아올랐다. 가차없이 그동안 함께해 왔던 말과 연해월을 포기한 것이다. 물론 한마디 정도 남기는 건 잊지 않았다.

"좋은 사람 만나서 잘살아라!"

"이, 이런 곳에서 날 버리는 거냐! 그런 소리가… 우읍! 에 페페펫!"

경악한 표정으로 소리질러 대던 연해월이 모래바람에 목이 메어 구역질과 함께 말 등에 찰싹 달라붙었다. 자칫 이런 곳에서 말까지 잃어버린다면 살아남을 길이 요원하다. 떠난 사내는 사내고 일단 목숨은 구하고 봐야 할 터였다.

푸룩! 푸르르룩!

말 역시 그녀의 그 같은 심사를 읽었음이 분명하다.

모래바람에 죽을 맞이던 녀석이 얼른 말 머리를 돌렸다. 송지하에 의해 단단히 틀어쥐어져 있던 고삐가 느슨해진 이상 이런 지독한 모래바람 속에서 계속 고생할 이유는 없었다.

다각! 다각!

순식간에 모래바람을 뒤로하고 내달리기 시작한 말의 등에 여전히 찰싹 달라붙은 채 연해월이 고개를 빼꼼히 돌렸다. 여전히 헛구역질과 마른기침 중이나 눈빛이 촉촉이 젖어 있다. 이게 송지하와의 마지막이란 생각에 눈시울이 붉게 물들어 버리고 말았다.

'그런데 총순찰한테는 뭐라고 변명을 해야 하는 거람? 분명히 날 재촉해서 이 거지 같은 곳에 다시 돌아오게끔 할 텐데…….'

소하.

사내 경험은 부족하지만 성격이 포악하고 집요하기로 하오문 내에서도 악명이 드높다. 일부러 송지하에게 붙여놨던 연해월이 홀로 떨어져 나온 걸 알면 필시 가만 놔두지 않을 게 뻔했다. 곧왕 유대유의 행방은 하오문에서도 예의 주시할 만큼 중요한 사안이었기 때문이다.

'아, 몰라! 몰라! 몰라! 나더러 어쩌라구? 그 거지 발싸개 같은 놈이 버리고 떠나가 버린걸!'

내심 고개를 맹렬히 흔들어 보인 연해월이 콧잔등을 찡그리며 심술궂은 표정을 지어 보였다. 소하가 자신을 탓하거나 화를 내면 격하게 한 번 들이받겠다는 의지를 확실하게 굳힌 까닭이었다.

이틀 후.

맹진에서 백여 리가량 떨어진 소읍의 주점에 잠시 들러 요깃거리를 주문하던 연해월의 안색이 하얗게 질렸다.

그녀가 앉아 있던 탁자의 건너편.

어느새 아주 익숙한 얼굴 하나가 환한 미소를 만면 가득 머금은 채 앉아 있었다.

소하다.

숭산의 소실봉에서 헤어졌던 그녀는 평상시와는 조금 다른 복장을 하고 있었다.

간편하고 활동성이 보장된 청의 경장에 검은색 단화.

허리에는 기다란 채찍이 휘감겨져 있고, 두 개의 검이 대롱거리며 매달려 있었다. 평상시와 달리 철저히 싸움에 최적화된 상태로 모습을 드러낸 것이다.

이유는 단순하다.

애초에 연해월이 예상했던 것과 크게 다르지 않았다.

"송지하, 그 개자식은 어디 있지?"

"총순찰님⋯ 정말 보고 싶었습니다아아아!"

연해월이 일어나 소하에게 달려들었다. 양팔을 활짝 벌리고 두 눈에는 눈물마저 보석처럼 반짝거리고 있다.

퍽!

그녀는 자신의 뜻을 이루는 데 실패했다. 소하의 발이 복부에 닿아 있었기 때문이다. 참을 수 없는 극통 역시 빠르게 몸속으로 전이된다.

"아, 아파요! 아파!"

소하는 냉혹했다. 표정 하나 변함이 없다.

"송지하, 개자식 어디 있어! 빨랑 말하지 않으면 칼을 빼들어 네년의 얼굴에 세 차례쯤 휘둘러 줄 테다!"

"말할게요! 말할게요!"

연속적으로 소리를 질러댄 연해월이 양손으로 얼굴을 감싼 채 눈만 빼꼼이 내놓고서 말했다. 주눅이 잔뜩 든 표정에 목소리 역시 한없이 기어들어 가고 있다.

"송 상공은 맹진 부근에서 사라지셨어요."

"송 상공?"

"으아앙! 절 모래바람 속에 내동댕이치고서 사라지셨어요! 사라지셨다구요!"

"……"

소하는 울음을 터뜨리며 다시 달려오는 연해월을 이번엔 봐줬다. 다시 발로 걷어차기엔 송지하에게 철저히 이용당한 후 버림받은 그녀의 처지가 꽤나 가련하게 여겨진 까닭이다.

'역시 그놈은 개자식이야! 지 놈을 따라온 여자를 모래바람 속에 놔둔 채 도망가다니! 가만? 그런데 맹진 부근에서 모래바람이 불 만한 장소가 있었던가?'

내심 송지하를 욕하다 눈에 이채를 담은 소하가 여전히 눈물을 쏟고 있는 연해월을 품에서 떼어냈다. 문득 머릿속을 스쳐 간 생각을 확인하기 위함이었다.

"그 모래바람이 특정한 지역에서만 불었냐?"

"예, 그런데……"

"앞장서라!"

"…지금 당장 그곳으로 가자구요?"

"그래."

"하지만 거긴 가봤자 모래만 잔뜩 먹을 뿐 앞으로 나갈 수 없어요. 한 치 앞도 보이지 않았다구요."

"한 치 앞도 안 보여?"

"예, 그래서… 어?"

갑자기 무언가 깨달은 표정이 된 연해월이 여전히 눈물이 매달려 있는 눈을 깜빡거리곤 비명 같은 소리를 질렀다.

"맞다!"

"이년아, 뭐가 맞아?"

"송 상공은 절 버린 게 아니라 사랑했던 거예요!"

"그건 뭔 개소리냐?"

"절 사랑했기 때문에 송 상공은 눈물을 머금고 절 돌려보 낸 거예요. 사랑하는 사람을 위험한 곳에서 멀리 떨어지게 하 고 싶어서 모진 소리까지 했던 거라구요."

'이년이 진짜 미쳤구나!'

소하가 진심으로 걱정되는 표정으로 연해월을 바라봤다. 나름 사내 경험이 많은 그녀가 시간이 갈수록 송지하에 대해 선 맹목적으로 변해가는 과정은 무섭기까지 했다.

어쨌든 그녀가 지금 중요시 여기는 건 곤왕 유대유의 행방 이었다. 계속 연해월의 헛소리를 들어주고 있을 여유는 없었 다.

"이년아, 그만 주접 떨고 그놈이 사라진 부근까지 안내나 해라."

"부근까지만요?"

"그래, 부근까지만이면 충분해. 어차피 곤왕이 다시 무림 에 출도하지 않는다면 이 정보는 써먹을 일이 없어질 테니까 말야."

"그럼 말을 준비시키겠습니다!"

"말도 있었냐?"

"송 상공과 제 사랑의 증표라고 할 수 있죠. 숭산에서 이곳까지 우리랑 함께했거든요."

"……."

소하가 침묵 속에 손을 휘휘 내저어 보였다. 더 이상 그녀와 대화를 나누다간 정신이 쇄멸해 버릴 것 같았기 때문이다.

'그런데 엽자건 그 자식은 지금쯤 사천에 도착했으려나? 천룡영웅대와 별개로 먼저 사천으로 향했다고 하던데…….'

송지하에 대한 연해월의 일방적인 애정 공세를 보자니, 갑자기 엽자건의 잘생긴 얼굴이 떠오른다. 숭산을 떠나며 그를 완전히 포기했다고 생각했는데 착각이었다. 헤어져 있었던 만큼 더욱 그리움이 진해져 온다.

인력으로 어쩔 수 없는 일이랄까?

상사(相思)의 감정이란 게 정말 그랬다. 아무리 모질게 마음먹어도 뜻대로 되지 않는다. 그냥 참고 견딜 수밖에 없었다.

"망할!"

누구를 향한 것인지 알 수 없는 욕설과 함께 소하가 주점을 빠져나갔다. 밖에는 이미 연해월이 말을 준비한 채 기다리고 있었다.

*　　　　　*　　　　　*

중경.

산이 다닥다닥 붙어서 굽이치고 있는 대도의 전경을 내려다보며 냉고성은 음험한 미소를 지어 보였다.

지난 한 달여간.

휘하의 잔혹마검대와 함께 냉고성은 그야말로 종횡무진 대활약했다. 사천의 지배자라 불리는 당가의 본가를 몰살시키고, 일대의 군소문파 수십을 피로 씻었다. 하나같이 구룡에서 벌어지고 있는 대전에 참여하려던 문파들이었다.

덕분에 예기치 못한 수확도 있었다.

당가의 최정예와 함께 구룡으로 출발했던 당가주의 병력이 본가로 돌아가 버린 것이다. 줄곧 일진일퇴의 공방전을 벌이고 있는 구룡의 상황을 감안하면 대성공이라고 볼 수 있는 공적을 쌓은 셈이라 할 수 있겠다.

물론 냉고성은 이 정도로 만족할 사람이 아니었다. 절대 아니었다.

'흐흐, 이번 작전만 성공하면 간단히 사천무림을 정복하게 된다. 아니, 단숨에 중원까지 진출할 수 있게 된다고 볼 수 있다. 신무림맹에 모인 중원무림의 예비 전력 전체를 없애 버리게 되는 셈이니 말야.'

당소교가 내놓은 의견은 본래 절반 정도도 믿지 않았다. 그녀의 본심이 확실치 않다고 여긴 까닭이다.

그러나 그녀 덕분에 불패진인 혈무사행사륜절진을 파훼하고 당가를 피바다로 만든 이후엔 생각이 달라졌다. 본래의 계획을 월등히 뛰어넘는 야심을 품게 되었다. 단숨에 사천에서 벌어지고 있는 대전을 종식시켜 버릴 수 있으리라 여기게 된 것이다.

냉고성이 그 같은 생각에 잠겨 있을 때였다.

그의 배후로 열 개의 그림자가 모습을 드러냈다. 하나같이 범상치 않은 기도를 품은 그들은 일천 잔혹마검대의 십대조장이었다.

일조장이 고개를 숙여 보인 후 보고했다.

"대주님, 명하신 대로 잔혹마검대의 육 할을 중경성 시내에 은밀히 잠복시켰습니다."

"나머지 사 할은?"

"성 밖에 삼 할이 변복한 채 산개해 있고, 나머지 일 할은 신무림맹의 총단에 무사히 침투했습니다."

"좋아."

손바닥을 치며 냉고성이 미소를 지어 보이자 일조장이 잠시 머뭇거리다 말을 이었다.

"저, 그런데 한 가지 문제가 발생했습니다."

"문제?"

"신무림맹 총단에 함께 침투한 당소교 소저가 따로 격리 조치를 당한 것 같습니다."

"격리 조치?"

"아무래도 당가의 일로 인해 따로 조사를 받으실 것 같습니다. 그리되면 아무래도 이번 작전에 문제가 생기지 않을는지……."

"괜찮다. 그년은 보통 독종이 아니니까."

"……."

"하지만 그래도 따로 조치는 취해둬야겠지. 일조장이 알아서 계속 그년을 감시하다가 혹시라도 문제의 소지가 있을 것 같으면 살인멸구(殺人滅口)하도록 해!"

일조장의 눈에서 빛이 번뜩였다.

처음부터 그 같은 상황을 염두에 두고 있었음이 분명하다. 그래도 다시금 확인하는 걸 빼먹지 않는다. 냉고성의 잔인하고 지독한 성품을 누구보다 잘 알고 있는 까닭이다.

"대주님, 분명 살인멸구라 하셨습니까?"

"물론이다. 어차피 그년은 이번 일이 끝나면 용도폐기하려하고 있었으니까 신경 쓸 것 없다."

"그럼 그리 알고 일을 진행하도록 하겠습니다."

"아! 그리고 또 한 가지……."

"하명하십시오."

"…따로 구룡에 사람을 보내서 전황을 세세히 살피도록

해. 그럴 리는 없겠지만 우리가 신무림맹을 신경 쓰는 동안 법왕께 문제라도 발생하면 곤란하니까 말야."

"예, 긴급으로 챙기도록 하겠습니다."

"좋아."

다시 손뼉을 친 냉고성이 손을 내저어 보였다. 이만 물러가 보라는 뜻이었다.

그리고 다시 중경 시내 쪽으로 향한 시선.

문득 음험함만이 넘치던 그의 눈빛 속에 아련한 그리움이 묻어 나왔다. 사천으로 출발하며 대법대불왕에게 맡긴 감요진의 백치미 넘치던 얼굴이 미칠 정도로 보고 싶어진 까닭이었다.

'생각을 잘못했다. 사천에서의 일이 이 정도까지 커질 줄 알았으면 무리를 해서라도 데려왔을 것을……. 정말 미치겠구나! 한낱 계집 때문에 돌아버릴 지경이 될 줄이야!'

자신이 생각해도 웃긴다. 어처구니가 없다. 황혼을 바라보는 나이에 이런 말도 안 되는 감정의 격류를 느끼게 되리라곤 상상조차 못했다.

하지만 이런 감정, 결코 나쁘지 않았다. 활력소였다.

씨익!

다시 음험한 미소를 입가에 매단 냉고성의 눈이 광기로 번들거렸다.

눈앞에 내려다보이는 중경성!

그곳을 피바다로 만든 후 대법대불왕에게 달려가 감요진을 달라고 요구할 생각에 온몸이 후끈 달아오르고 있었다. 당장 그리하고 싶어서 전신의 근육들이 아우성치는 걸 참기가 꽤나 힘들었다.

'곧이다! 그리 오래 걸리진 않을 일이야!'

내심의 중얼거림과 함께 냉고성이 더운 숨을 몰아쉬었다. 피에 굶주린 짐승의 그것처럼.

　　　　　*　　　　*　　　　*

구룡.

사천과 운남의 경계에 위치한 이 작은 지역은 근래 피바람이 휘몰아치는 대혈전의 중심이 되어 있었다.

천하의 운명을 결정지을 무림대전!

단숨에 운남무림을 평정한 포달랍궁의 대병력과 북혈단의 정예인 일천 북혈청랑대는 사천에 들어서자마자 십여 개나 되는 군소문파를 박살 냈다. 완전히 산산조각 내버렸다.

항복? 협상?

그런 것 따위 아예 받아주지도 않았다. 관심조차 없었다.

그들은 절대적인 복종만을 원했다. 그 외의 요구는 간단히 짓밟아 버린 채 구룡까지 쾌진격해 왔다. 단숨에 광활하고 강력한 사천무림을 복속시킬 태세였다.

물론 그렇게 쉬울 수만은 없었다.

곧 중경의 신무림맹 총단을 떠난 검존 승천검군 남궁황이 이끄는 삼 개 군단이 그들의 앞을 가로막았다. 단단한 옹벽과 도 같은 인의 장막을 만들어낸 채 포달랍궁의 라마들과 북혈 청랑대의 대병력에 격렬히 부딪쳐 갔다.

—일진일퇴(一進一退)의 공방전!

피를 피로 씻어내는 대혈전의 균형은 꽤나 오래 지속되었다. 남궁황이 이끄는 창룡무상검대, 풍운등천용대, 제마군영대의 삼 개 군단을 포달랍궁의 일천 환희불과 쌍뇌존자 막사여의 북혈청랑대가 압도하는 데 실패한 까닭이다.

단! 그건 어디까지나 대법대불왕이 직접 모습을 드러내기 전까지의 일이었다.

그의 등장은 화려했다. 노회한 남궁황을 경악시킬 만큼 엄청났다.

무려 근래 정복한 운남의 무림인 수천 명을 노예로 부리며 모습을 드러낸 것이다.

파죽지세(破竹之勢)!

얼마 전까지 대등하던 전장의 양상이 완전히 뒤집혔다. 남궁황과 삼 개 군단은 목숨을 걸고 결전에 임했음에도 단숨에 수십 리나 전선을 후퇴시켜야만 했다. 피눈물 나는 후퇴였다.

이대로 승기 자체가 대법대불왕 쪽으로 넘어가 버리는 게 아닌가 하는 의구심까지 가지게 하는 퇴각이었다.

반전은 곧 찾아왔다.

개왕 철담협개 이구와 천살마도 이염이 개방의 최정예인 십방걸개와 함께 참전해 왔다.

당연히 그들만 왔을 리 없다. 개방과 친분이 돈독하던 강북의 여러 문파와 청성파 역시 고수와 제자들을 보내왔다. 천하의 대협객인 철담협개의 명성이 천 명이 넘는 병력을 끌어 모아온 것이었다.

그렇게 다시 일진일퇴를 반복하게 된 전장.

점차 체력전 내지는 소모전화하고 있던 구룡에 한 명의 사나이가 도착했다. 근래 천하에 위명을 떨치기 시작한 자, 파군성 천룡위주 엽자건이었다.

파락!

막사의 천을 걷고 안으로 들어서던 엽자건의 표정이 살짝 굳었다.

서로를 노려보고 있는 두 사람.

엽자건이 구룡에 도착하기 전까지 한입으로 후방에서 놀고 있는 맹주 당무양을 욕하던 철담협개와 남궁황이다. 언제소 닭 보듯 했냐는 듯 죽이 맞았던 두 사람 간에 갑자기 차디찬 냉기가 감돌기 시작한 것이다.

어째서 그런 일이 발생한 것일까?

막사 안으로 들어선 엽자건을 향한 두 사람의 타는 듯한 시선이 모든 걸 웅변해 준다.

"오오! 내 손녀사위 왔는가!"

"손녀사위이? 어째서 엽자건 무상이 늙은 거지의 손녀사위가 된다는 말인가? 소림사의 제자는 절대 동냥질하는 거지가 될 수 없는 법일세!"

"동냥질하는 거지이? 이런 노망난 검귀가 뚫린 입이라고 함부로 놀리는 것인가!"

"내 틀린 말을 했던가? 거지의 손녀딸에게 장가를 가면 거지가 되는 게지."

"크어억!"

철담협개의 전신에서 노도와 같은 기세가 화산처럼 발산되었다. 막사 내부를 미친 듯 들끓게 만들다 못해 날려 버릴 듯하다. 특기인 강룡장의 내력을 구성 가까이나 끌어올린 까닭이다.

남궁황 역시 그냥 있지 않는다.

그의 특유의 좁은 소매가 가벼운 떨림을 보인다. 그 외엔 별다른 변화가 없으나 이미 발검 자세에 들어간 것이나 다름없다. 그런 예리한 검기를 노골적으로 철담협개를 향해 쏟아내었다.

덕분에 부글거리며 끓어오르게 된 막사 내부.

얼떨결에 두 초고수 간의 기세 싸움에 끼어들게 된 엽자건이 내심 고개를 가로저어 보였다. 설마하니 대법대불왕이란 초강적을 앞에 두고서 이런 말도 안 되는 어린애 싸움을 벌일 줄은 몰랐다. 아주 가관이다.

'뭐, 나름대로 재밌는 광경이긴 하지만 노친네들이 저러다 몸 상하기라도 하면 곤란할 테니까…….'

내심 어깨를 으쓱해 보인 엽자건이 재빨리 두 사람 사이로 끼어들었다.

부동무상!

그 뒤에는 강력하게 활성화시킨 세수경의 내경 발산이다. 두 초고수가 미칠 듯이 발산시키고 있는 기운을, 팔대진기를 하나로 통합한 세수경의 힘으로 중화시켜 버린 것이다. 그것도 눈 깜짝할 새에.

"어헉!"

"으음!"

서로에게만 신경을 쓰고 있던 철담협개와 남궁황이 각기 대경하여 신음을 토해냈다.

왜 그렇지 않겠는가!

일시 두 사람이 발출한 기세는 가히 폭발적이었다. 각기 엽자건 앞에서 상대방에게 밀리면 곤란하단 생각을 했기에 은연중 진신의 기운을 담았다고 할 수 있었다.

당연히 이 정도의 기운 속에 끼인다면 대법대불왕조차 심하게 긴장을 타야만 할 터였다. 엽자건처럼 아무렇지도 않게 끼어들어 기운을 중화시켜 버리는 짓 따위는 절대 할 수 없을 게 분명했다.

스스슥!

그때 엽자건이 얼른 뒤로 신형을 빼냈다. 다시 부동무상을 이용해 잠시 잠깐 사이 중화가 풀린 두 사람의 기세에 합공당하는 걸 회피한 것이다.

"하하, 과연 노익장이십니다! 두 분 노선배님께서 이리 강건하시니, 후배는 구룡까지 괜한 걸음을 한 것 같습니다!"

"그……."

"저……."

철담협개와 남궁황의 얼굴에 곤혹스러움이 짙게 어렸다. 천하의 무학대사라 할 수 있는 두 사람이나 일시 엽자건이 어떻게 자신들의 기운을 중화시켰는지 짐작조차 할 수 없었다. 또한 이렇게 쉽사리 뒤로 몸을 빼낸 것 역시 이해가 안 됐다. 일반적인 무공 체계와 완전히 다른 세수경을 모르니 어쩌면 당연한 일이라고 할 수 있겠다.

그래도 체면이란 게 있다.

얼른 상대방의 눈치를 살핀 철담협개와 남궁황이 거의 동시에 놀란 기색을 얼굴에서 지웠다. 이런 상황에서도 기 싸움을 결코 포기할 수 없는 것 같다.

'으음, 이 녀석의 무공이 이미 항마불장 종경 대사나 제 사부인 보종을 뛰어넘지 않았는가? 실제로 손속을 나누면 파탄을 발견할 수 있겠지만…… . 내 절대 그런 짓은 하지 않을 것이다. 특히 남궁 검귀 늙은이가 있는 자리에서는.'

'과연 천하의 기재로구나! 처음 만난 후 불과 수년 만에 이런 불세출의 경지까지 올랐으니! 역시 수아의 짝은 이놈밖엔 없으렷다!'

내심 곁눈질로 엽자건을 살핀 두 사람이 갑자기 슬그머니 기세를 거둬 버렸다.

계면쩍다고 해야 하려나?

새카맣게 나이 어린 후배에게 기세가 파훼당한 터에 계속 기 싸움을 부릴 순 없었다. 계속 강짜를 부리는 것은 더욱 우스운 일이고 말이다.

그렇게 막사 내부가 평안을 회복했을 때였다.

엽자건이 내심 고소를 지은 채 막사를 찾아온 본론을 끄집어냈다.

"남궁 노선배님께 진언드릴 일이 있습니다."

"진언?"

"예, 삼 개 군단 중 제게 창룡무상검대의 일부를 빌려주셨으면 합니다."

남궁황의 노안에 이채가 어렸다.

"어째서 그래야만 하지?"

"포달랍궁의 본진으로 침투해 들어가 대법대불왕을 치고

자 합니다."

"그건……."

바로 거절하려는 남궁황을 철담협개가 눈짓으로 가로막고서 엽자건에게 진지한 시선을 던졌다. 여태까지의 철없는 어린애 같던 태도 따윈 아예 흔적조차 보이지 않는 변모다.

"엽 무상, 창룡검가의 창룡무상검대 일부만을 데리고 대법대불왕을 도모하겠다고 말한 것인가?"

"바로 그렇습니다."

"내 자네가 해월낭인대와 벌인 전투를 지켜봤었네. 그래서 자네가 일반적인 무림인과 달리 용병술이 뛰어나다는 건 충분히 알고 있네만……."

"후배는 본래 승리하지 못할 싸움은 하지 않습니다."

"…충분히 승산이 있다?"

"그렇습니다."

엽자건의 단호한 대답에 철담협개의 노안이 날카로운 신광을 일으켰다. 목소리 역시 준엄해진다.

"내 다시 묻겠네. 혹시 자네는 충분한 승산이 있어서가 아니라 대법대불왕의 제자인 감요진이란 아이 때문에 무모한 용기를 내려 함이 아닌가?"

"그런 사심, 분명히 있습니다."

"그런……."

철담협개가 노한 표정이 되었으나 엽자건이 바로 목소리

를 높였다. 첨언이었다.

"후배에겐 대법대불왕이 운남에서 데려온 삼천에 가까운 무인, 그들을 무력화시킬 비책이 있습니다."

"뭣?"

깜짝 놀란 표정이 된 철담협개를 밀치고 남궁황이 눈을 빛내며 끼어들었다. 감요진에 대한 얘기를 듣고 언제 진노했었냐는 듯 얼굴에 홍조까지 어려 있다. 완전히 흥분해 버린 것이다.

"말하게! 만약 자네의 의견이 타당하다면 내 창룡무상검대의 일부가 아니라 전원이라도 바로 내주도록 하겠네!"

"그 비책이란······."

"비책이란?"

"···환몽사안입니다."

"환몽사안?"

"예. 대법대불왕은 환몽사안이란 미혼공으로 운남무림인들을 정신금제하고 있습니다. 그러니 그걸 깨뜨리기만 하면 이번 싸움은 끝난 것이라 봐도 무방하실 겁니다."

"······."

뜻밖의 말에 남궁황이 입을 다물었고, 철담협개는 딱딱하게 안색이 굳었다. 과거 감요진이 사용했던 환몽사안을 경험했기에 그 위력을 대충 짐작할 수 있었던 까닭이다.

　　　　*　　　　*　　　　*

　사흘 후.

　어둠이 기승을 부리는 그믐의 밤이 점차 깊어가고 있을 무렵이었다.

　대략 백 명쯤 될까?

　전원 검은색 야행복으로 갈아입은 창룡무상검대의 일 개 조가 역시 검은 복장을 한 엽자건의 뒤에 도열해 있었다.

　검 역시 무광 처리를 한 그들의 얼굴에는 결연한 기운이 완연했다. 철저하게 지원자만으로 이뤄진 결사대인지라 마음가짐 자체가 다를 수밖에 없다고 할 수 있겠다.

　'과연 소림사, 개방과 함께 하남성 삼강을 이룬 창룡검가의 정예 무사들이란 건가? 제법 사내들답잖아!'

　엽자건이 결사대를 찬찬히 살피곤 내심 미미하게 고개를 끄덕여 보였다. 문득 그들의 모습 속에서 처음 봤을 때 한 자루 검과 같던 남궁수를 떠올린 까닭이다.

　잠시뿐이었다.

　곧 묘한 감상을 머릿속에서 깨끗이 지워낸 엽자건이 싱긋 미소 지은 채 나직하게 중얼거렸다. 눈앞에 있는 결사대가 아니라 언제나처럼 척후의 임무를 띠고 적진에 침입했다 돌아온 환월의 보고를 받기 위함이었다.

　"환월, 보고하라!"

"예, 주인님."

환월이 어둠 속에서 불쑥 모습을 드러냈다. 그러자 대경한 표정이 되어 분분히 검을 뽑아내는 결사대. 곧 엽자건에게 제지를 당한다.

"보고해!"

"적의 본진은 세 겹이나 되는 방어진에 에워싸여져 있습니다. 특히 오늘은 그믐이라 경계가 평소 때보다 두 배쯤 증강되었습니다."

"가장 경계가 느슨한 침투로는?"

"강입니다."

"강?"

"강이라기보다는 작은 하천이라고 봐도 무방할 규모입니다. 중원의 귀식대법(龜息大法)을 이용한다면 간단히 건널 수 있을 겁니다."

"강을 건넌 후의 방어진은?"

"통상적인 방어진의 삼분지 일 수준입니다. 침투로 역시 최단거리고요."

"해볼 만하군."

나직이 중얼거린 엽자건이 환월에게 눈짓해 보였다. 앞장서란 의미였다.

첨벙! 첨벙!

어둠 속에서 도하(渡河)하고 있는 결사대를 바라보는 한 쌍의 눈이 있었다.

쌍뇌존자 막사여.

일천 북혈청랑대를 이끌고 포달랍궁의 중원 정벌에 나선 그의 입가에는 야릇한 미소가 매달려 있었다.

흡사 이제 곧 잡아먹을 먹잇감을 바라보는 듯한 표정이랄까?

'하하, 제대로 오고 있잖은가? 하지만 정말 겁도 없는 놈이 아닌가? 고작 저 정도 되는 병력을 가지고 대법대불왕을 칠 생각을 하다니 말야⋯⋯.'

내심 잔혹한 흉중을 내보인 막사여가 슬쩍 손을 들어 올렸다. 그러자 기다렸다는 듯 어둠 속에서 모습을 드러내는 수백 명의 북혈청랑대.

그들은 손에 칼날이 달린 쇠그물과 분수아미자, 쇠작살 등의 수전용 병기를 들고 있었다. 강을 건너기 전에 결사대 전원을 끝장낼 태세를 완벽하게 갖춘 것이다.

당연히 도하가 중간쯤 이르렀을 때 공격 명령이 떨어졌다.

뒤이어 터져 나온 늑대와 같은 함성!

막사여의 배후에 진을 치고 있던 북혈청랑대들이 강을 향해 마구 신형을 날려갔다. 결사대를 모조리 수장시키기 위함이었다. 한 명도 남기지 않고.

"으음, 내가 실기를 한 것인가? 하지만 이건 오늘 밤 기습에 나설 것을 완전히 알고 있었던 것 같은 전개인데……."

가장 앞서 도하하고 있던 엽자건이 하늘을 가득 메운 채 강으로 뛰어드는 북혈청랑대를 보고 눈살을 찌푸렸다. 설마하니 이렇게까지 완벽하게 역습에 걸려들 줄은 몰랐기 때문이다.

잠시뿐이었다. 그리 오래 걸리진 않았다.

곧 냉정을 회복한 엽자건이 재빨리 삼절마곤을 들어 올렸다. 일단 자신에게 집중된 북혈청랑대의 일차 공격을 막아낸 후 결사대의 퇴각을 명할 작정이었다.

한데, 바로 그때였다.

스슥!

짙은 어둠 속에 잠겨든 물속에서 튀어나온 은밀한 그림자가 갑자기 엽자건의 배후로 파고들었다. 두 개의 먹빛 도검과 하나가 되어서.

푸푹!

엽자건이 삼절마곤을 치켜든 자세 그대로 고개를 돌렸다. 그러자 눈동자 가득 파고드는 환월의 얼굴. 그리고 그녀의 손에 들린 암도와 묵검에 베이고 찔린 자신의 몸까지를 확인한 엽자건의 입가에 이지러진 미소가 매달렸다.

"이건… 완전히 예상 밖인걸? 완전히 허를 찔렸어……."

"주인… 님……?"

문득 넋이 나간 듯 보이던 환월의 동공이 크게 확대되었다. 그리고 두 사람의 머리 위로 떨어져 내리는 수십 겹의 쇠그물. 어둠 속에 잠겨 있던 강물은 일시 인세의 지옥, 아수라장으로 변해 버린다.

〈제10권 끝〉

화공도담

畵工道談

촌부 新무협 판타지 소설

예(禮)와 법(法)을 익힘에 있어
느리디느린 둔재(鈍才).
법식(法式)에 얽매이기보다 마음을 다하며,
술(術)을 익히는 데는 느리지만
누구보다 빨리 도(道)에 이를 기재(奇才).

큰 지혜는 도리어 어리석게 보이는 법[大智若愚]!

화폭(畵幅)에 천지간(天地間)의 흐름을 담고
일획(一劃)에 그리움을 다하여라!

형식과 필법을 익히는 데는 둔하나
참다운 아름다움을 그릴 수 있게 된
화공(畵工) 진자명(陳自明)의 강호유람기!

유행이 아닌 자유추구 ─
WWW.chungeoram.com
Book Publishing CHUNGEORAM

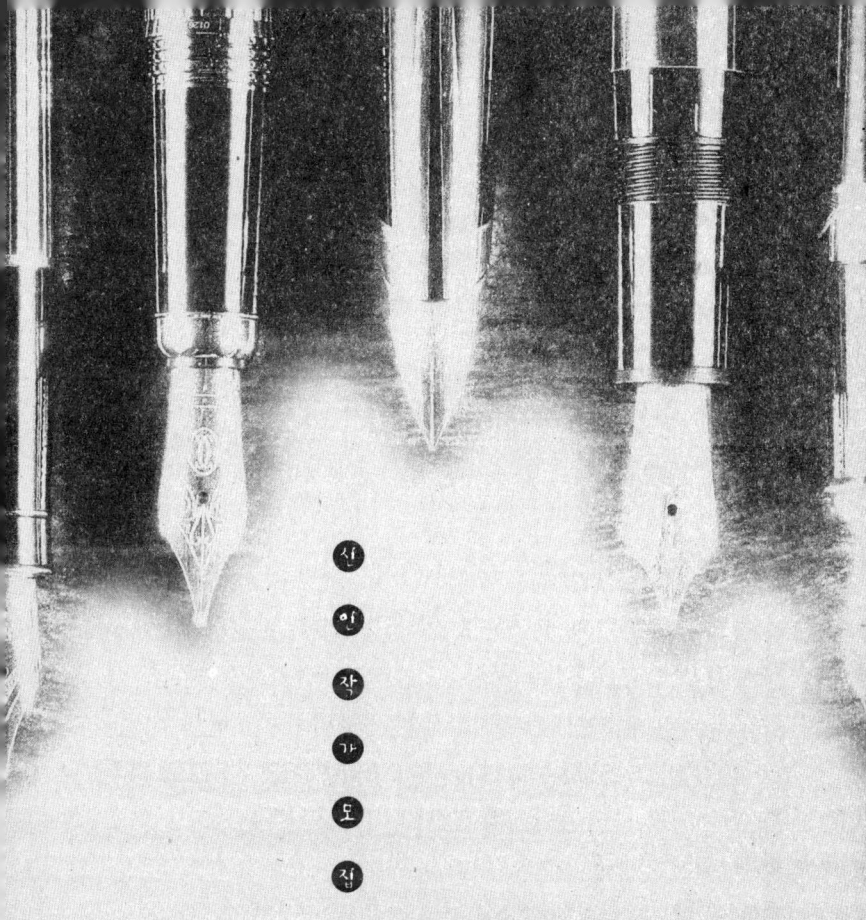

신
인
작
가
도
집

시작이 반이라고 했습니다.
작가의 길에 대한 보이지 않는 벽을 과감히 깨뜨리십시오!
청어람은 작가 지망생 여러분들의
멋진 방향타가 되어드리겠습니다.

저희 도서출판 청어람에서는
소설 신인 작가분들을 모집합니다.
판타지와 무협을 사랑하시는 분들의 많은 참여를 바랍니다.
소정의 원고(A4용지 150매)를 메일이나 우편으로 보내주시면
검토 후 출판 여부를 알려드리겠습니다.

주소:경기도 부천시 원미구 심곡1동 350-1 남성B/D 3F 우편번호420-011
TEL:032-656-4452 · **FAX**:032-656-4453
http://**www.chungeoram.com**
e-mail:chungeoram@chungeoram.com

저작권 보호!!

장르문학의 성장에 힘이 되어주십시오.

저작물의 무단 전재와 복제, 불법 다운로드! 이것은 관심이 아니라 무관심입니다!

작가님들은 창의적 열정과 시간을 투자해 자신의 꿈과 생계를 유지합니다.
한 권의 책을 만들어 많은 사람들은 자신의 인생과 미래를 설계합니다. .

저작물 속에는 여러 사람의 노력과 희망이 담겨 있습니다!

저작물의 무단 전재와 복제, 불법 다운로드는 여러 사람들의 꿈과 생계를
위협함으로써 장르문학을 심각한 상황에 빠뜨리고 있습니다.

이제는 무관심이 아니라 관심으로 장르문학의 성장에 힘이 되어주세요.

[도서출판 청어람은 항시적인 저작권 보호를 통해 장르문학과
여러분의 희망을 지키겠습니다.]

저작물의 무단 전재와 복제, 불법 다운로드는 법률에 의해 처벌받을 수 있습니다.
저작권법 제97조의5 (권리의 침해죄)
저작재산권 그 밖의 이 법에 의하여 보호되는 재산적 권리(제73조의 4의 규정에 의한 권리를
제외한다)를 복제 · 공연 · 방송 · 전시 · 전송 · 배포 · 2차적 저작물 작성의 방법으로 침해한
자는 5년 이하의 징역 또는 5천만 원 이하의 벌금에 처하거나 이를 병과(동시에 두 가지 이상의
형벌을 지우는 일)할 수 있다.

도서출판 청어람

천마검섭전

임준후 新무협 판타지 소설

天魔劫葉傳

철혈무정로 1부

인세에 지옥이 구현되고 마의 군주가 천신하면
그 누구도 그를 막지 못하리라!
이는 태초 이전에 맺어진 혼돈의 맹약, 육신에 머문 자나
육신을 벗은 자나 누구도 피할 수 없는 구속의 약속일거니……

주검과 피, 그리고 살기가 강물처럼 흐르는 전장에서
본연의 힘을 되찾게 되는 신마기!
신마기의 주인은 전장을 거칠 때마다 마기와 마성이 점점 더 강해져
종국에는 그 자체로 마(魔)가 된다……

제어되지 않는 신마기…
이는 곧 혼돈의 저주, 겁화의 재앙이다!

유행이 아닌 자유추구 -
WWW. chungeoram.com
Book Publishing CHUNGEORAM

天山魔帝

천산마제

일류 新무협 판타지 소설

내일을 기약할 수 없는 땅, 천산.
소녀로부터 은자 한 닢의 빚을 진 소년 용악,
청년이 된 용악은 천산의 하늘이 된다.

하늘을 가르고 땅을 뒤엎는다!
한 호흡에 만 개의 벽(壁)!!!
지금껏 내게 이빨을 드러낸 것들은 모두 죽었다.

은자 한 닢의 빚을 갚으며 시작된
십천좌들과의 승부.
오너라! 천산의 제왕, 천산마제가 여기 있다!

유행이 아닌 자유추구 ―
WWW.chungeoram.com
Book Publishing CHUNGEORAM

유행이 아닌 자유추구 –
WWW. chungeoram.com
Book Publishing CHUNGEORAM

長虹貫日

장홍관일

월인 新무협 판타지 소설

세상은 언제나 정의가 승리하고,
그래서 사필귀정(事必歸正)이라고?

개소리!

세상은 나쁜 놈들이 지배하지.
그러나 그놈들은 아주 교활해서 절대로 나쁜 놈처럼 안 보이지.
현재 무림을 지배하고 있는 백도의 어떤 인간들처럼…….

암제혈로

설경구
新무협 판타지 소설

—떠나세요, 가능한 한 멀리.
—하나만 기억하세요. 일단 살아남아야 후일을 도모할 수 있습니다.
—떠나.

오랫동안 연락이 두절되었던 이들이 약속이라도 한 듯 찾아와
꺼낸 이야기들과 함께 시작되는 집요한 추적.
그리고 거대한 음모에 휘말려 억울한 누명을 쓴 채로
오직 살아남기 위해 필사적으로 도주하는 한 사내, 진가흔.

"왜 하필 나입니까?"
"자네가 가장 적당하기 때문이지."
"아시겠지만 그를 죽인 것은 제가 아닙니다."
"물론 알고 있네. 그런데 말일세… 그래도 그를 죽인 것이 자네라는
사실은 변하지 않네."

누구를 믿어야 할까.
적아도 명확하지 않은 상황에서 이유조차 모른 채 도주하던
한 사내의 역습이 시작된다.

유행이 아닌 자유추구 -
WWW.chungeoram.com
Book Publishing CHUNGEORAM